Il Ragazzo Che Sapeva

AMICIZIE MOLTO IN ALTO: CARLO ACUTIS

CORINNA TURNER

Tradotto da un autore italiano.
Revisionato e corretto da Ann Mason e Roberta Lala.

unSeen

APPREZZAMENTI PER I LIBRI DI CORINNA TURNER

LIBERATION: nominato per il *Carnegie Medal Award 2016*
ELFLING: primo premio, Narrativa giovanile, *CPA Book Awards 2019*
I AM MARGARET & *BANE'S EYES:* finalisti, *CALA Award 2016/2018*
LIBERATION & *THE SIEGE OF REGINALD HILL*: terzo classificato, *CPA Book Awards 2016/2019*

APPREZZAMENTO PER *I AM MARGARET*

Uno stile eccellente – ottimi i personaggi e il ritmo. Decisamente un libro che merita di essere letto, come The Hunger Games.

EOIN COLFER, autrice dei libri di *Artemis Fowl*

APPREZZAMENTI PER *IL RAGAZZO CHE SAPEVA*

Intenso e motivante. Un bellissimo tributo al Beato Carlo e decisamente una delle migliori storie che abbia letto quest'anno!

SUSAN PEEK, autrice della serie God's Forgotten Friends s

La Turner suscita la nostra empatia con il suo ritratto di un ragazzo che soffre allo stesso modo del Beato Carlo Acutis. Dopo aver fatto amicizia con il santo, ho subito passato la storia a mia figlia. Bisognerà lasciare spazio nella nostra biblioteca per questa serie. Indefinitamente.

THEONI BELL, autrice di *The Woman in the Trees*

Il ragazzo che sapeva è la commovente storia di un adolescente che affronta una malattia che minaccia di ucciderlo, ma attraverso di questa e l'intercessione di un "santo principiante" che ha sofferto della stessa patologia, trova la sua anima. La Turner descrive con franchezza le difficoltà derivanti dal ricevere una così fosca diagnosi, eppure mostra in un modo meravigliosamente onesto come sia possibile trovare la speranza e finanche una pace inattesa. È una splendida storia su come imparare ad avere fiducia in Dio e sull'importanzadi fare amicizia con i santi.

KARINA FABIAN, autrice di *Discovery*

INOLTRE DI CORINNA TURNER

I AM MARGARET series
For older teens and up

Brothers *(A Prequel Novella)**
1: I Am Margaret*
Io Sono Margaret (Italiano)
2: The Three Most Wanted*
3: Liberation*
4: Bane's Eyes*
5: Margo's Diary*
6: The Siege of Reginald Hill*
7: A Saint in the Family†
'The Underappreciated Virtues of
Rusty Old Bicycles' *(Prequel short
story) Also found in the anthology:*
Secrets: Visible & Invisible*
Treasures: Visible & Invisible *(Prequel
short story in anthology)*

I Am Margaret: The Play *(Adapted by
Fiorella de Maria)*

UNSPARKED series
For tweens and up

Main Series:
1: DRIVE!*
2: A Truly Raptor-ous Welcome*
3: PANIC!*
4: Farmgirls Die in Cages
Book 5†

Prequels:
BREACH!* *(crisis pregnancy theme)*
A Mom With Blue Feathers†
A Very Jurassic Christmas
'A Dino Whisperer at the Zoo'
'Liam and the Hunters of Lee'Vi'

Gifts: Visible & Invisible *(unSPARKed
story in anthology)**

FRIENDS IN HIGH PLACES series
For tweens and up

The Boy Who Knew (Carlo Acutis)
El Chico Que Lo Sabia (Spagnolo)
Il Ragazzo Che Sapeva (Italiano)

YESTERDAY & TOMORROW series
For adults and mature teens only
Someday: A Novella*
Eines Tages (Tedesco)
1: Tomorrow's Dead†

STANDALONE WORKS

For teens and up
Elfling*
'The Most Expensive Alley Cat in
London' (Elfling *prequel short story*)

For tweens and up
Mandy Lamb & The Full Moon*
The Wolf, The Lamb, and The Air
Balloon (Mandy Lamb *novella*)

For adults and new adults
Three Last Things *or* The Hounding
of Carl Jarrold, Soulless Assassin*
A Changing of the Guard
The Raven & The Yew†

† **Coming Soon**
***Premiato con il Catholic Writers Guild** *Seal of Approval*

SOMMARIO

SABATO:

IL GIORNO DELLA DIAGNOSI

3 Ottobre 2020

"Hai la leucemia."

Vedo lo sguardo del dottore sopra la sua mascherina che balzava tra me e i miei genitori. Le sue parole non smettono di rimbombarmi nella testa. Mamma scoppiò in lacrime. Papà prese a colpire con i pugni la scrivania del dottore. Quanto a me, restai semplicemente impietrito.

Leucemia. Com'è possibile che io abbia la leucemia? Ho quindici anni. Cose talmente orribili non capitano a persone della mia età, vero?

Però quella stanchezza… Quei lividi…

"Hai la leucemia."

Quando tornammo a casa dall'ospedale, come era solita fare mamma iniziò a prepararsi per la Messa della Vigilia. Di recente papà non viene mai con noi, ma stasera… stasera aveva cominciato a urlare contro mamma *come poteva mai pensare che ci fosse un Dio se Egli permetteva che tutto questo accadesse proprio a me? Come poteva mai pensare che Egli fosse buono?* E mamma gli urlava a sua volta che *Dio era la mia unica speranza. Non voleva capirlo? Voleva forse che io morissi?*

Si stavano ancora urlando contro quando sgusciai fuori di casa e mi incamminai verso la chiesa. Non credo di esser mai andato in chiesa da solo. Mi sentivo davvero a disagio. In qualunque altra settimana avrei colto al volo l'opportunità di saltare la Messa. Oggi sono arrabbiato con Dio, o almeno così mi pare. Ma sono anche tanto, tanto spaventato. E poi volevo semplicemente fuggire dalle urla.

Mamma non si presentò mai a Messa. Ricevetti un messaggio durante la prima lettura: *"Daniele, dove sei?"*. Risposi: *"In chiesa."* Una signora anziana mi squadrò dall'alto della sua non-ecocompatibile mascherina monouso.

Poi mi addormentai durante l'omelia. Sono sempre così stanco. Così mi fissarono di nuovo.

Adesso se ne sono andati tutti e io sono sempre seduto qui. Ho paura di rientrare al pensiero che loro stiano ancora litigando. Oppure che vogliano discutere di tutto questo con me. Mi sento intontito. Non mi sono neanche tolto la mascherina, nonostante sia da solo.

"Hai la leucemia."

"Vuoi forse che Daniele muoia?"

Sto per morire? Mi tornano in mente le parole di una delle letture che avevo ascoltato prima di appisolarmi: *Non occorre preoccuparti; ma se hai bisogno di una cosa qualsiasi, prega per essa.*

"Dio, ti prego non lasciarmi morire" sussurro.

Dio non risponde. Forse papà ha ragione. Finalmente mi tolgo la mascherina e la infilo in tasca, le mani tremando.

"Dio, ho paura."

Nulla. Be', a parte il fatto che mi scrollo di dosso l'intontimento e, d'un tratto, sento davvero la paura che trasforma il mio stomaco in un buco nero, freddo come un... un... un obitorio?

Seppellisco la faccia tra le mani mentre i singhiozzi mi scuotono. *Signore, sto per morire?*

Dei passi distanti echeggiano dall'ingresso della chiesa.

Si fermano, poi percorrono spediti la navata laterale. Verso di me. Oh no.

Mi strofino il viso, cercando disperatamente di trattenere l'affanno dei singhiozzi. Il muco si spande sulla mia manica. Che schifo!

"Ciao, Daniele."

Sollevo lo sguardo con riluttanza, le spalle ancora scosse dai fremiti. È Don Tommaso. È giovane e piuttosto fico mentre volteggia intorno nella sua lunga veste nera – chiedo scusa: *tonaca,* – senza la minima ombra d'imbarazzo. Mi piacerebbe essere altrettanto disinvolto.

"Salve, padre." Mi trema la voce. *Sta' calmo, Daniele. Fa' soltanto finta che stai bene, alzati ed esci.*

"Ti senti bene?"

"No." Scuoto la testa. Che fine ha fatto l'idea di uscire? Ed ecco che lo tiro fuori: "Ho la leucemia."

Le sue labbra si socchiudono, come se gli avessi appena dato un pugno nello stomaco. "Oh, Daniele…" Prende posto nell'ampia panca successiva, sedendo di lato per starmi di fronte, gli occhi strizzati in un'espressione preoccupata. "Cavolo, pensavo che stessi per parlarmi di bullismo o qualcosa del genere. È una cosa dura da mandare giù alla tua età. Quando comincerai la cura? Ti hanno detto… qual'è la prognosi?"

"Prognosi?" Ribatto sembrando un idiota. Ah, intende dire se vivrò oppure morirò. "Oh, uhm... be', ho avuto i risultati delle analisi preliminari appena oggi. Lunedì mattina, dopo altre analisi, gli specialisti decideranno come procedere ed io li incontrerò il lunedì seguente e… be', è allora che loro mi diranno… lei sa cosa. Loro pensano che comincerò il trattamento quasi subito."

"Bene, appena in tempo per una novena, quindi."

"Che cosa?"

Lui tira fuori il portafogli e sfoglia diversi bigliettini prima di sceglierne uno.

"Questo è il santo che fa per te. Be', tecnicamente parlando è un beato. Per la precisione non lo è ancora prima di sabato prossimo, quindi non dovrei diffondere ancora questi foglietti, ma date le circostanze… Ecco qui: il quasi-beato Carlo Acutis. Sì è ammalato di leucemia a quindici anni. È il miglior compagno di preghiera che tu possa avere al momento. Penso che dovrebbe esserci una novena sul suo sito web."

Lui si accorge della mia aria smarrita. "Una novena consiste nel fare coppia con un santo per nove giorni pregando per una qualche ragione."

"Ah già, adesso ricordo." Accetto il foglietto e lo faccio scivolare in tasca anche se non sono sicuro di volerlo. Adesso l'intontimento è passato e comincio a sentirmi piuttosto arrabbiato con Dio. Non dovrebbe forse amarmi? Sento come un laccio di una furia intensa che mi avvinghia dolorosamente dall'interno e lancio uno sguardo torvo verso il tabernacolo. Papà ha ragione, come può Egli permettere che mi capiti questo? Che cosa Gli ho mai fatto?

"Hai mai fabbricato un vaso?" mi chiede d'un tratto padre Tommaso "Oppure realizzato un dipinto?"

Cosa? "Uhm, creo delle opere in 3D sul computer a vagonate."

"Ah, bene. Sapevo che eri un qualche genere di artista. Diciamo allora che hai creato un vaso in 3D. Qualcuno ti ha costretto a farlo?"

Lo guardo senza espressione. "No, lo faccio soltanto perché mi va."

"Potresti anche, allo stesso modo, romperlo virtualmente?"

"Nel mio programma? Certo. In misura maggiore o minore" Un impeto di gioia mi attraversa al pensiero del mio programma di disegno in 3D all'avanguardia e all'ampio repertorio di creazioni riuscite bene... poi si dissolve. A che serve tutto questo se non riesco a superare questa cosa?

"Potresti raccogliere i pezzi del tuo ex-vaso e trasformarli in un mosaico che sia molto, molto più bello?"

"Volendo."

"E ciò sarebbe ben fatto? Rompere il tuo vaso e ricomporlo in qualcosa di migliore?"

"Naturalmente. È il mio vaso. L'ho creato io, non è così?"

"Quindi potresti conservare il tuo bellissimo mosaico per sempre, giusto?"

Per sempre? Per quanto ne so, potrei non avere davanti nemmeno un *anno...* Tardivamente capisco dove vuole arrivare. "Oh, è una vera furbata. Ma io non sono un vaso! Non è la stessa cosa!"

"No, non è lo stesso," concorda padre Tommaso imperturbabile. "Noi siamo molto molto più importanti per Dio di un vaso in 3D. O anche di uno vero. Egli ama ogni singolo capello sulle nostre teste – e sa esattamente quanti ce ne sono."

"Forte!" sbotto, balzando su dalla panca e fiondandomi fuori, lontano dalla sua irritante calma. Urlo dietro di me: "Me ne ricorderò senz'altro quando cominceranno a cadere!"

Ma sento le sue parole delicate appena prima di sgusciare dalla porta.

"Spero che lo farai."

GIORNO 1

4 Ottobre 2020

Chiudo la porta della mia stanza e mi lascio cadere sul letto, sistemandomi poi con maggiore attenzione. Sembra che in questi giorni ogni più piccolo nonnulla mi lasci un livido. Arnoldo striscia sul mio grembo facendo le fusa. Papà era sceso al bar quando sono rientrato l'altra notte e gli occhi di mamma erano tutti arrossati. La mia sorellina Chiara se ne stava ritta a fissarmi succhiandosi il pollice, il che era molto strano perché di solito non chiude mai il becco. Che cosa gli hanno detto?

Io dissi di non avere fame e andai dritto a letto. Non era una bugia: non penso che sarei riuscito a mangiare nulla.

Adesso è domenica mattina e, dopo avere agguantato furtivamente una ciotola di cereali in cucina, sono tornato a rintanarmi nella mia stanza. Prima o poi, mamma e papà vorranno scambiare due chiacchiere e io temo quel momento. "Prova a non pensarci troppo", mi ha detto il dottore. "Quando avremo completato tutte le analisi e predisposto il trattamento avremo un'idea molto più precisa di come stanno le cose."

Prova a non pensarci. Mi piacerebbe vedere lui mentre prova a non pensarci!

Rimetto Arnoldo sul letto, mi tiro su a sedere e accendo il computer, avviando poi un browser. Scrivo 'leucemia acuta – TUTTI i tipi'. Apro un articolo. Clicco direttamente su *Quali sono le prospettive*

Il mio sguardo cade su una frase: *I bambini di età compresa tra uno e dieci anni hanno le prospettive migliori.* Dieci? Io ho quindici anni! Continuo a leggere.

Tra coloro che hanno quattordici anni o meno, più di nove su dieci sopravviveranno alla leucemia per cinque anni oppure oltre dal momento della diagnosi.

Fisso le parole, lo stomaco in subbuglio. Ho quindici anni non quattordici. E se mi dicessero che ho nove probabilità su dieci di vincere qualcosa sarei elettrizzato. Ma una possibilità su dieci di *morire*. Sembra... enorme. E poi anche... anche le nove possibilità su dieci si riferiscono soltanto al fatto di vivere *cinque anni*.

Pigio la X per chiudere la pagina e mi stringo le

braccia intorno, tremando. Adesso non riesco a guardarla ancora. La mia mano sfiora qualcosa nella tasca dei jeans e tiro fuori il foglietto che mi ha dato padre Tommaso. Hhm, mi sembrava che avesse detto che era un santino. Ma una foto a colori di un allegro ragazzino della mia età dalla pelle bianca, vestito in abiti moderni, mi fissa. È questo un santo? Be', un beato, ha detto lui. È un santo bambino, giusto?

Leggo il semplice testo: *Beato Carlo Acutis, prega per noi.*

Felice della distrazione apro di nuovo il browser e scrivo lo strano nome cliccando sul primo risultato.

Nato nel 1991 in Inghilterra, leggo. 1991? Davvero? È così recente. Pensavo che dovessi essere morto da secoli per poter essere un santo, anche un santo bambino.

Aspetta un attimo. Se è nato appena nel 1991, come può già essere un santo? Continuo a leggere velocemente. *Diagnosticato di leucemia nel 2006...* Già, così ha detto il padre... e...

...morto nel 2006. Cosa? Non esiste! Lancio il foglietto che attraversa la stanza, colpisce la parete più lontana e cade sul pavimento con un gemito cartaceo. Padre Tommaso pensa che voglia leggere di un ragazzo con la leucemia che è *morto*? È *fuori di testa?*

Ma la pagina web è aperta davanti a me e non

posso fare a meno di farla scorrere.

È nato a Londra – to', come me – poiché i suoi genitori erano qui per affari, ma – a differenza di me – presto loro si sono trasferiti in Italia, dove lui è cresciuto come figlio unico. Bravo studente, ragazzo speciale, bla-bla-bla, simpatico a tutti, bla-bla-bla. I genitori non erano osservanti ma il piccolo Carlo era così pio – non passava mai oltre una chiesa senza desiderare di entrarci e "dire ciao a Gesù" – che ricondusse alla fede prima la mamma e poi il papà. Già, d'accordo, è tutto molto bello. Andiamo, voglio sapere della sua malattia.

Leggo – "Carlo ripeteva spesso: *'Morirò giovane.'*" Strano. Lo *sapeva?* In che modo? Gliel'ha detto lo Spirito Santo? Aspetta, ecco qui i dettagli... Diagnosticato nei primi di ottobre... leucemia acuta... Morto... un momento, appena una *settimana* dopo? Ondate di gelo mi attraversano. Sento la testa ronzare per il terrore. La nausea mi attanaglia la gola.

Oh sì, padre Tommaso, mi sento così confortato!

Mi appresto a chiudere la pagina, ma l'occhio cade su una parola nel menu: *novena.*

"Appena il tempo per una novena."

"Dio adesso è l'unica speranza di Daniele!"

Sarà vero?

Pigio il bottone e scorro distrattamente una preghiera introduttiva. No, se lo faccio, suppongo di doverlo fare bene. Però non sono sicuro di volerlo. Papà ne sarebbe disgustato considerando il suo atteggiamenti di ieri sera. Non importa: non lo saprà mai. Mi costringo a leggere come si deve la preghiera introduttiva e quando questa termina con *chiedi la grazia desiderata*, sussurro: "Lasciami vivere, ti prego!"

Poi segue la *meditazione del primo giorno*, che comincia con una frase che Carlo diceva a se stesso: "Non io, ma Dio." Da quanto avevo appena leggiucchiato era questo il punto focale della sua vita, anche quando era solo un bambino.

Sento un tuffo al cuore. Cosa c'entro *io* con questo? Lui è così pio. Io non lo sono altrettanto. Continuo a leggere. Parla di mettere da parte le cose senza importanza, cercare quelle celesti e disprezzare ciò che è fugace. Come... la vita? Sento ancora lo stomaco raggelare. Ha forse un senso chiedere a questo ragazzo defunto di essere – come l'ha chiamato padre Tommaso – compagno di preghiera?

"Dio adesso è l'unica speranza di Daniele."

Questo ragazzo morto che era così pio da conoscere il proprio futuro. Uhm. Recito il Padre, l'Ave e il Gloria pronunciandoli in modo chiaro.

Venerabile Carlo, non sono pio come te. Ma se non sei morto e sepolto e... finito... come pensa papà, il tuo aiuto mi sarebbe davvero utile. Che ne dici?

LUNEDÌ:

GIORNO 2

5 Ottobre 2020

Piego la testa e fingo di essere occupato al telefono, cercando di estraniarmi dal rumore della caffetteria. Mamma voleva che rimanessi a casa oggi, ma l'ho convinta a lasciarmi a scuola dopo che avevamo finito all'ospedale, ma in realtà non ho voglia di parlare con i miei amici. Non sopporto l'idea che qualcuno venga a sapere di questo prima... prima che io sappia. Così ho presentato qualche vaga scusa per essere arrivato tardi.

Mi sento già esausto. Scommetto che crollerò quando tornerò a casa. Forse dovrei recitare adesso la mia novena. La cosa non mi convince ancora del tutto ma l'ho cominciata e quindi voglio finirla. Mancano otto giorni al Giorno della Diagnosi.

Trovo velocemente la pagina web. Recito di

nuovo la preghiera introduttiva, nella mia testa, aggiungendo la mia richiesta: *Ti prego, non farmi morire.* Quindi faccio scorrere la pagina fino al *secondo giorno*. Oh, cielo. La citazione di oggi del quasi-beato Carlo è altrettanto pia della prima. "Essere sempre unito con Gesù, questo è l'obiettivo della mia vita." Mi fa sentire piuttosto in colpa. Voglio dire, penso di essere credente. Sono sempre andato in chiesa con mamma senza lamentarmi... troppo. Papà mi aveva detto che non dovevo per forza fare la cresima se non volevo ma avevo deciso di sì. Ma quanto seriamente tenevo in considerazione la mia fede nella vita di tutti i giorni? Andavo a Messa la domenica ma, da quando il corso per la cresima era terminato, questo era stato tutto.

Silenziosamente recito il resto delle preghiere concentrandomi come meglio posso in questo posto rumoroso, poi clicco sulla *biografia* e comincio a leggere con maggiore attenzione di ieri. Comunque, presto rimango perplesso. Carlo sembra così ordinario! Gli piacevano i videogiochi e il calcio, come me. E scherzare e ridere. E i micetti, i cartoni animati e i film d'azione. Gli piacevano persino i personaggi dei Pokemon! Un santo a cui piacciono i Pokemon? Immagino che i Pokemon all'epoca andassero per la maggiore, ma è strano.

Ehi, gli piacevano anche gli animali! Aveva due

gatti, *quattro* cani e un sacco di pesciolini rossi, fortunello. Mi piacerebbe avere un cane ma mamma è decisamente allergica. Ho Arnoldo, ma solo a condizione che gli cambi io la lettiera, passi l'aspirapolvere sui tappeti di mamma una volta di più la settimana e che per nessuna ragione lo faccia entrare nella camera di mamma e papà o nello studio di mamma perché lei è leggermente allergica anche ai gatti. Arnoldo era un trovatello e ormai sta diventando piuttosto vecchio, così passa più tempo a dormire sul mio letto che a seminare peli per casa.

Oh, Carlo progettava anche programmi per il computer e siti web, lo chiamavano "Genio del computer." Probabilmente un giorno potrebbe essere il santo patrono di internet! Questo è un po' troppo tecnico per me, mi piacciono di più le cose artistiche. Ma lui era bravo anche nell'editing video e nel realizzare fumetti! Anch'io mi sono cimentato un po' in queste cose.

È fico avere così tanto in comune con un quasi-beato e a mano a mano che leggo comincio a notare le differenze. Gli piacevano i giochi sul computer ma... cosa? Concedeva a se stesso di giocarci soltanto per un'ora la settimana! perché pensava che ci fossero così tante cose migliori che avrebbe potuto fare. Hmm. Penso a tutte le ore trascorse a pasticciare con il mio programma di disegno in 3D. Ma lo faccio per creare arte, non è così? Cose belle. Non è la stessa cosa, giusto? Hmm.

Nella caffetteria scoppia una baruffa. Mario il bullo se la prende di nuovo con Riccardo Storpio. Irrompe il personale gridando a tutti di tornare subito ai propri loro banchi, *senza mischiarvi, mascherine su, quante volte dobbiamo dirvelo...* Io torno al mio telefono.

Uau, davvero? Carlo andava a Messa *ogni giorno!* Questo è... non saprei. Perché fare una cosa simile? Una volta rifiutò anche un soggiorno a Gerusalemme, dicendo: "Se Gesù rimane sempre con noi, ovunque vi sia un'ostia consacrata, che bisogno c'è di fare un pellegrinaggio per visitare i luoghi dove Gesù ha vissuto duemila anni fa?"

Hmm, c'è un'altra sua citazione: "Se ci mettiamo di fronte al sole diventiamo abbronzati... ma quando siamo di fronte a Gesù nell'Eucaristia, diventiamo santi." Guardo il testo sullo schermo con espressione corrucciata. Carlo mi spacca il cervello, davvero. Il modo nel quale è così ordinario e pio allo stesso tempo, il modo in cui parla di "noi" che diventiamo santi. Voglio dire, non si tratta solo di lui, giusto? Ma di... me e lui. *Me?* È assurdo.

Ma Carlo aveva questa convinzione: "L'Eucarestia è la mia autostrada verso il Cielo!"

Fisso il mio telefono fino a quando Razim dice: "Hei, Daniele, stai bene?"

"Uhm?" Mi guardo intorno e mi stampo un sorriso in faccia, sollevando poi il pollice un secondo dopo essermi ricordato della mia mascherina. "Sì, è tutto a posto." Torno velocemente al mio telefono, non avendo voglia di parlare.

Sento gli occhi di Raz su di me per un istante o due, poi lui comincia a parlare con qualcun altro. Rileggo il paragrafo appena letto. L'Eucarestia quotidiana per andare in Cielo va bene per Carlo ma io non ne ho bisogno. Io intendo vivere. È il motivo per cui sto facendo questa novena non è così?

Cerco di staccarmi dall'articolo ma mi ritrovo a leggere ancora. Sembra che Carlo abbia ricevuto presto la prima comunione, secondo sua espressa richiesta. Un vescovo – no, non semplicemente un vescovo, l'ex segretario personale del Papa – ha dovuto confermare che lui fosse abbastanza maturo. Lui ha perfino suggerito che questa avesse luogo in qualche posto tranquillo e privo delle distrazioni di una grande festa. Così, a sette anni, Carlo entrò in un silenzioso monastero oltrepassando una porta che diceva: "Dio è abbastanza" per ricevere Lui per la prima volta. Hhm.

Non posso fare a meno di pensare alla mia prima comunione. Papà era presente, all'epoca andava ancora in chiesa di tanto in tanto. Ma la cosa principale che ricordo è la festa dopo la cerimonia – e la mia nuova Xbox. Mi mordo le labbra e leggo altre parole di Carlo.

"La conversione non è altro che spostare lo sguardo dal basso verso l'alto. Basta un semplice movimento degli occhi."

Muovere gli occhi? È così che si può diventare pii? Semplicemente spostando il proprio sguardo? Sarà necessario qualcosa di più di questo.

Non è così?

MARTEDÌ:

GIORNO 3

6 Ottobre 2020

Ero così stanco quando sono tornato a casa ieri ma decisi di stare qui a scuola e fare le cose di sempre. Mamma e papà lavorano entrambi da casa. Ogni volta che mamma mi guarda gli occhi le si riempiono di lacrime. E papà continua a punzecchiarla a proposito di Dio. Vorrei solo che la smettesse. Lo so che da anni non vive la sua fede, ma di solito non torna sull'argomento.

Dubito che quest'oggi mi sentirò meglio rincasando così, dopo aver consumato il mio pranzo, tiro fuori il telefono e apro la pagina della novena.

Ehi, la citazione di Carlo di oggi è un po' più alla mia portata: "Chiedi costantemente aiuto al tuo angelo custode. Il tuo angelo custode deve diventare il tuo migliore amico." Questo è un po' più fattibile, non è vero? *Concedimi la grazia di vivere rettamente, così come il mio angelo custode desidera* dice la meditazione. *Come desidera il mio angelo custode.* Sfrego le dita sopra un livido sul dorso della mano, quindi poi tiro giù la manica per nasconderlo. Prima d'oggi non ho mai realmente pensato che il mio angelo custode avesse *desideri*, come una persona. Ma loro sono tutti, per così dire, individui come le persone, non è così?

E il mio angelo custode desidera che io sia retto? Già, immagino che per esso lui sia così. In un certo senso l'intero scopo della sua esistenza non e' quello di proteggermi fisicamente ma di proteggermi spiritualmente, ricordo che padre Tommaso lo ha detto durante il corso per la cresima. Almeno, non fisicamente. Si tratta di protezione spirituale.

Peccato. Al momento un po' di protezione fisica mi tornerebbe comoda.

Recito le preghiere della novena poi torno all'articolo sul quasi-beato Carlo. Carlo ha creato perfino un sito web dove le persone potevano scoprire quale santo celeste era adatto a essere loro amico. Qualcuno lo ha definito un 'genio di internet'. Be' fare conoscenza con un amico santo per me è abbastanza. Carlo continua a colpirmi. A quanto pare era molto gentile con tutti, specialmente con chiunque non riusciva a integrarsi a scuola o era disabile. Li difendeva dai bulli. Ma era davvero popolare. Ma era molto popolare anche se invitasse sempre i suoi amici a participare alle attività in chiesa e fosse pure disposto in classe a difendere le sue convizioni pro-life. Era sorprendente per gli amici il suo modo di trattare le ragazze con un tale senso di rispetto puro e così diverso dalla norma dei suoi coetani. Normalmente un ragazzo così sarebbe diventato vittima del bullismo. Però non era il caso perché lui era così convinto di quello che credeva. Non gli interessava affatto conformarsi. Diceva "si nasce un individuo ma molti muono come fotocopie."

Mi guardo intorno nella caffetteria. È questo che stiamo facendo tutti quanti? Cercando di trasformarci in fotocopie?

"Perché gli uomini si preoccupano tanto della bellezza del loro corpo e poi non si preoccupano della bellezza della loro anima?" direbbe Carlo.

Il brutto livido sulla mia mano emerge di nuovo. Sto per tirare di nuovo la manica giù nonostante le parole di Carlo quando scoppia una baruffa.

"No, ridammela" lamenta la voce, stridula e tesa, di Riccardo Storpio. "Mi ammalerò se non la indosso! Lo ha detto la mamma!"

Guardo intorno la caffetteria. Non c'è personale.

"Forza, bacia le mie scarpe da ginnastica mentre sei là sotto e io ti farò alzare. Potrei anche restituirti la mascherina – naturalmente, dopo che mi sarò pulito il naso!" La voce di Mario attraversa la caffetteria e un sacco di gente ride; alcuni salgono sui tavoli per vedere meglio.

La rabbia riesce a riscaldarmi adeguatamente per la prima volta da quando ho avuto la diagnosi. Riccardo Storpio è particolarmente delicato, tutti sanno che è immunodepresso. Prendergli la mascherina e cercare di fargli baciare delle *scarpe da ginnastica sporche*?

Carlo, aiutami! Oggi non posso restarmene semplicemente seduto qui e…

Mi alzo in piedi e mi fiondo attraverso il corridoio, ignorando le urla di sgomento dei miei amici. Mario ha diciassette anni ed è circa il doppio di me ma che importa? Tanto sembra che potrei andare lo stesso incontro alla morte.

"Lascialo!" Spingo Mario da parte ma quando cerco di aiutare Riccardo a tirarsi su, Mario mi afferra il polso stringendo forte.

"Lui resta là sotto, mocciosetto impertinente!"

"No. Per niente!" Il mio naso arriva appena alla clavicola di Mario ma rifiuto di indietreggiare.

Lui non è abituato a questo e i suoi occhi sono attraversati da un lampo di esitazione. Ah! Codardo.

"Tornate tutti ai vostri banchi! *Quante volte dobbiamo dirvelo?"*

Mario mi lascia il polso, getta la mascherina a

Riccardo e si mescola ai suoi compagni di classe. Mi chino di nuovo verso Riccardo Storpio, poi ci ripenso. Immunodepresso: come me. Ma mentre si alza in piedi il suo sguardo è fisso sul mio polso dove si sta già formando un livido scuro. A disagio mi tiro giù la manica, gli mostro goffamente il pollice ritto anziché rivolgergli un sorriso che non vedrebbe dietro la mia mascherina e mi dirigo verso la porta. Se tornassi al mio tavolo gli amici mi si appiccicherebbero addosso.

Mi sistemo in un'aula vuota e torno a leggere.

"A cosa serve vincere mille battaglie se non possiamo vincere quella con noi stessi?" dice Carlo.

Hhm. Tuttavia controllo ancora che le mie maniche siano giù prima che il resto della classe mi raggiunga. Non è vanità, giusto? Semplicemente, non voglio ancora che sappiano.

"Che succede amico, sei ammattito?" chiede Razim mentre lascia cadere la mia borsa accanto a me e mi dà una pacca sulla spalla, provocando una fitta in tutti i mei lividi. "Affrontare Mario tutto soletto!" L'espressione del suo sguardo oscilla tra l'ammirazione e la preoccupazione mentre mi fissa.

Mormoro qualcosa a proposito dell'averne abbastanza di Mario che se la prende con Riccardo e, grazie a Dio, l'insegnante entra prima che Raz possa aggiungere altro.

Quando arrivo a casa riesco a vedere mamma e papà in salotto che urlano e gesticolano, così arranco dritto oltre l'abitazione diretto in chiesa. Mi sistemo in una panca in fondo. Dovrei pregare ma non riesco a trovare le parole. E sono talmente... talmente stanco.

+

Bzz.

Mi sveglio di colpo e mi raddrizzo, il collo che mi duole e anche il fondoschiena. Le panche non sono fatte per dormire. Controllo il telefono. Ho dormito per quarantacinque minuti ed è appena arrivato un messaggio di mamma: *Dove sei? Stai bene?*

Stavo bene fino a quando sono tornato a casa e ho visto voi due alle solite, vorrei rispondere. *È già abbastanza duro rischiare di morire senza che i tuoi genitori si accapiglino per questo.*

Ma non lo faccio. Spero che il mio angelo custode sia fiero di me.

MERCOLEDÌ:

GIORNO 4

7 Ottobre 2020

"Non resterò qui con voi due per *tutto il* giorno: SCORDATEVELO!" Chiudo la porta dell'ingresso sbattendola per darmela a gambe in strada. Arrivo sì e no all'angolo prima di dovermi fermare e appoggiarmi al muro, annaspando.

Immagino che il mio angelo custode non sarebbe così fiero di me stamattina. Ma a che serve starmene in casa?

"Ti senti bene, Daniele?" mi chiede Razim durante la pausa. "Sembri così... ti comporti davvero... in modo un po' strano ultimamente."

"Sto bene, Razim. Davvero." Poi mi sento male perché in effetti gli ho appena mentito, non è così? "Be' i miei genitori *stanno* litigando parecchio. Questo mi rattrista." Se non altro è una mezza verità.

A pranzo tengo di nuovo la testa bassa e recito la mia novena. La citazione di oggi è lunga: "La nostra anima è come una mongolfiera... Se per caso c'è un peccato mortale, l'anima ricade a terra. La confessione è come il fuoco sotto al pallone che consente all'anima di salire di nuovo... Bisogna confessarsi spesso."

Lo leggo due volte, poi immagino la mia anima andare su e giù come un pallone pieno d'aria, mentre io incurantemente fiondo pesi di piombo nel cesto e un personaggio con le sembianze di Gesù che sembra piuttosto padre Tommaso, li rigetta fuori mentre cerca di mantenere ardente un fornello dello Spirito Santo. Immagino che sia una metafora piuttosto valida.

Non mi sono più confessato dalla Quaresima, forse dovrei farlo. Comunque odio confessarmi anche con padre Tommaso. Ne ho davvero bisogno?

Ma il rumore di una porta che sbatte riecheggia nella mia mente mentre prego e quando passo all'articolo leggo le parole di Carlo: "Per ascendere a Dio l'anima deve liberarsi anche del più piccolo peso."

+

Suono alla porta del presbiterio sentendomi super imbarazzato. Questo è stupido. Probabilmente lui non c'è nemmeno. Ma dopo la scuola non potevo andare direttamente a casa. Mamma e papà litigavano *di nuovo*. La chiesa è piena di piccole signore anziane mascherate e mantellate che recitano il rosario.

Padre Tommaso apre la porta e sorride. "Oh, ciao Daniele. Vuoi venire dentro?"

Annuisco, così lui indietreggia. Dopo che ho usato il suo disinfettante per le mani lui mi conduce nella camera anteriore dalle ampie finestre, dove lo vedo spesso parlare con i parrocchiani. Mi indica il sofà, poi converte l'invito in un gesto di *stop*. "Aspetta, cambio il rivestimento."

Tira via il copridivano e lo porta con sé. Sento che utilizza il disinfettante per le mani nell'ingresso e apre un armadietto. Un istante dopo torna con un copridivano pulito e perfettamente piegato.

Lo scuote e lo getta sul divano. "Ecco qua."

Già, adesso sono immunodepresso. Forse è per questo che mamma non vuole che vada a scuola. Sento un senso di colpa che si agita nel mio stomaco mentre ricordo il modo in cui le ho urlato contro prima.

Mi siedo sul sofà e padre Tommaso si sistema sulla poltroncina dall'altro lato della stanza così c'è un sacco di spazio tra di noi.

"Mi dispiace di aver sbottato contro di lei l'altro giorno," mormoro.

Lui sorvola su questo con un gesto della mano.

"Come stai?"

"Bene, credo. Voglio dire, ce l'avevo così tanto con lei per il suo rimanere così calmo al riguardo. Sembrava che non le importasse. Ma mamma praticamente scoppia in lacrime ogni volta che mi guarda, nonostante continui a dirmi che tutto andrà bene, e papà non smette di dargli addosso e mia sorella si limita a fissarmi come se avesse paura che io possa fare e svanire, quindi... quindi in effetti, è davvero bello sedere qui con qualcuno che è così pragmatico al riguardo."

Padre Tommaso sorride, i denti bianchi che risaltano contro il colore della pelle. "A me importa Daniele, questo lo sai non è vero? Ma, in fondo, tu sei ancora qui. Sei ancora tu. Come *dovrei* trattarti?"

Dopo un istante gli sorrido a mia volta perché le sue parole mi fanno sentire meglio. Sì, gli importa. Solo che non si lascia prendere dall'isteria e, ragazzi, al momento ho bisogno di qualcosa del genere!

"Come stanno affrontando la cosa i tuoi genitori?"

Mi pizzicano le spalle. "Non fanno altro che discutere in continuazione. A proposito di come possa Dio permettere che mi capiti questo."

"Oh." Padre Tommaso sospira. "Mi dispiace sentire questo. Come ti senti?"

"Bene. *C'è* qualcosa di vero nella sua metafora del

vaso, suppongo. Nella sua metafora del vaso *storpio,*" aggiungo – poi mi pento di essere stato meschino. "Uhm, sto facendo la novena. Ero così arrabbiato comunque quando ho visto chi era Carlo. Voglio dire, perché mi ha dato un santo che poi è *morto*? Ma, uhm, in effetti mi è piaciuto leggere a proposito di lui."

Padre Tommaso si stringe nelle spalle. "Stessa età, stessa malattia, denunciami per aver sperato che voi due sareste andati d'accordo. Uhm... volevo chiederti, hai la leucemia di tipo LLA o LMA?"

Ha fatto delle ricerche? "LLA."

Lui annuisce. "Bene. Be', il quasi-beato Carlo aveva l'altro tipo. L'altra è molto, molto più mortale."

Dunque lo ha fatto? Un piccolo nodo si scioglie nel mio ventre. Ma la colpa è ancora lì.

"Sai," lui prosegue, "Carlo si proponeva soprattutto di aiutare bambini i cui genitori avevano problemi coniugali. Li invitava a casa e se li faceva amici. Hmm, perché non aggiungere tua madre e tuo padre alla tua novena? Non prendertela per quello che sto per dirti, ma, in un certo senso, questo per loro è ancora più difficile."

Ancora più difficile per loro? È così? Metto da parte la cosa per pensarci più tardi e giungere alla mia risoluzione. Voglio dire, quale che sia il tipo, che cosa succede se finisco con il peggiorare *molto* in fretta, come è accaduto a Carlo?

"Padre? Potrei, uhm" – Carlo aiutami! – potrei...
pensate che potrei... confessarmi?"

Un grande sorriso si allarga sul suo viso.

"Potresti di sicuro."

GIOVEDÌ:

GIORNO 5

8 Ottobre 2020

"Daniele, sei tu? Stai bene?"

Mi volto dopo aver chiuso la porta dell'ingresso. "Sì, mamma."

Oggi sono tornato dritto a casa dopo la scuola perché non voglio farla preoccupare ancora. Continuo a pensare a quello che mi ha detto ieri padre Tommaso, dopo che ho confessato di averle urlato contro.

"Sai quali sono state quasi le ultime parole di Carlo? Non poteva dormire a causa del dolore e un'infermiera gli domandò se voleva che svegliasse sua madre in modo da fargli compagnia. Ma lui disse di lasciarla dormire perché: "Anche lei è molto stanca e non farà altro che preoccuparsi ancora di più."

Giaceva là, moribondo – e sapeva che stava

morendo – eppure si preoccupava più del benessere di sua madre che del proprio. È come nella sua citazione di oggi: "La tristezza è lo sguardo rivolto verso se stessi. La felicità è lo sguardo rivolto verso Dio." Carlo era così *felice*. E questo che dicevano le persone che lo conoscevano. E lui trovava Dio negli altri, non è così?

In ogni caso sto veramente provando a essere più paziente con mamma.

Lei sbuca dal corridoio. "Padre Tommaso ha telefonato qualche minuto fa. Voleva che tu gli facessi uno squillo non appena tornato a casa. Ma se hai bisogno di riposare prima…"

"No, sto bene. Infatti" – uhm, di nuovo quello sguardo nei suoi occhi – "Io... uh, penso che farò due passi nei dintorni, vorrei prendere un po' d'aria fresca."

Presto mi ritrovo chino sul muro del presbiterio, respirando affannosamente mentre suono il campanello. Non mi capacito di quanto mi sento esausto, soprattutto considerando che stamattina non ho avuto neanche bisogno di camminare fino a scuola dal momento che il papà di Razim ci ha dato uno strappo. Starò peggiorando.

Padre Tommaso apre la porta. "Oh, Daniele! Non dovevi venire fin qua."

"Avevo voglia di passeggiare."

Aspetto in piedi, le gambe che tremolano mentre lui cambia di nuovo il copridivano, poi affondo nel divano cercando ancora di riprendere fiato.

"Gradisci una bibita? Sembri provato. Spremuta, caffè?"

"Uhm, potrei avere una spremuta?"

Lui si allontana per prenderla. Di che cosa vuole parlarmi?

+

Giaccio nel letto di un ospedale, tubi fuoriescono dalle mie braccia. La paura monta dentro di me mentre mi guardo intorno.

Ma il mio amico è seduto vicino al letto. Sorride, un grande radioso sorriso che illumina la stanza. Letteralmente. La luce è bellissima." "Ti guardo le spalle, Daniele."

Mi lascio andare tra i cuscini, la paura si allenta. Carlo mormora qualcos'altro, dolcemente. Preghiere. Sono così rilassato che non sento il bisogno di sforzarmi per ascoltare, così colgo soltanto dei frammenti.

"... e non hanno amato la loro vita fino a morire..."

"...Esultate, dunque, o Cieli e voi che abitate in essi..."

"... Egli mette pace nei tuoi confini e ti sazia con fiore di frumento..."

"... Concedi riposo eterno al morto: raduna insieme l'intera Chiesa in Cielo..."

Hhm? Apro gli occhi. Niente Carlo. Niente ospedale. Padre Tommaso è in piedi di fronte a un crocefisso nell'angolo, con un libro rilegato in pelle nella mano e recita una qualche preghiera. Per quanto tempo ho dormito? Quando mi tiro su a sedere, una coperta che profuma di fresco scivola via da me.

Padre Tommaso si segna e chiude il libro, poi si volta. "Ah, Daniele."

Sento le guance bruciare. "Mi dispiace molto, non volevo addormentarmi!"

"È tutto a posto. Tu hai schiacciato un pisolino e io ho terminato le mie preghiere. A ciascuno il suo." Indica un bicchiere accanto a me e si sistema di nuovo sulla sua ben distante poltroncina.

Afferro la spremuta e bevo avidamente. Zucchero, energia: è quello che mi serve.

"Bene, la farò breve perché faresti meglio a tornare a casa prima che i tuoi genitori si preoccupino. Ricordi che ti ho detto che Carlo Acutis verrà beatificato – dichiarato Beato – questo sabato?"

Annuisco da sopra il bicchiere.

"Bene, siccome è nato in Inghilterra ci è stato chiesto di inviare un rappresentante per la cerimonia ad Assisi. I vescovi hanno scelto un giovane malato di leucemia. Ma... uhm, be', all'improvviso succede che lui non può andare, così all'incirca l'altro giorno hanno inviato una email chiedendo altri candidati. E io ho proposto il tuo nome. Be', hanno scelto te."

Involontariamente sputo l'ultimo sorso di spremuta nel bicchiere. "Cosa? Un attimo. Sta dicendo che…?"

"Stai per andare ad Assisi per la beatificazione? Sì, è così."

+

"Ti prego, mamma! Sto abbastanza bene!"

Padre Tommaso ha insistito per accompagnarmi a casa, nonostante si trovi a pochi isolati, e ha appena chiesto ai miei genitori il permesso per il viaggio.

"Non puoi andare da solo! Sei troppo giovane!"

Disperato guardo padre Tommaso che annuisce. "Il rappresentante originale era abbastanza grande da viaggiare tranquillamente senza accompagnamento ma i vescovi sono felici di mandare un'altra persona con Daniele, a causa della sua età."

"Quindi puoi venire con me, mamma! Pensa, Assisi! San Francesco!"

Mamma sembra sgomenta. "Partire *domani*? *Non posso*, Daniele. Sono nel mezzo di qualcosa di grosso. Specialmente considerando che la cosa richiederà un sacco di tempo..." Fa una pausa. "Mi *piacerebbe* venire ma non posso. Mi spiace *davvero*."

"Allora… può venire papà?" Lo guardo con un

tuffo al cuore. Papà che partecipa a un importante evento religioso? Proprio *adesso*?

Lui evita il mio sguardo. Si limita a scrollare la testa. "Neanch'io posso prendermi del tempo libero."

Non riesco a crederci! Italia, Assisi, il grande giorno di Carlo!

Vorrei colpire il muro ma mi procurerei un livido peggiore di quello che ieri Mario mi ha provocato al polso. Padre Tommaso sembra agitato, turbato forse dal fatto di avere accresciuto le mie speranze, suppongo. Aspetta un attimo…

"Padre Tommaso, potrebbe venire *lei* con me?"

"*Io?* Uhm, Non credo che…" Lo guardo fisso, implorante e le parole gli si spengono in bocca, quindi solleva un dito nel gesto del *dammi un minuto*, sembra un uomo che si stia destreggiando mentalmente tra un mare di impegni.

"Uhm… Suppongo che *potrei* volare con te domani sera come programmato. Potrei farmi sostituire da qualcuno per le Messe del sabato però non ci riuscirei mai per quelle di questa domenica quindi dovremo prendere un volo di ritorno sabato sera. Non potrai vedere molto di Assisi."

"Non m'importa! Potrei comunque partecipare alla beatificazione, giusto? Mamma, papà, posso andare?" Rivolgo il mio sguardo supplice verso di loro.

Mamma guarda prima me e poi padre Tommaso. "Be'... suppongo di sì."

Papà è imbronciato comunque non dice nulla.

"Papà!" lo esorto. "Non sono mai stato in Italia! Non sono quasi mai stato *da nessuna parte*!"

E questa potrebbe essere la mia unica occasione aleggia nell'aria inespresso, ma giurerei che papà lo sente. Lui guarda padre Tommaso sempre più in cagnesco. "D'accordo. Ma deve avere una stanza per sé, così... così può riposare quando ne ha bisogno!"

Padre Tommaso corruga lievemente la fronte – o forse così a me pare, poiché parla in modo piuttosto pacato. "Naturalmente. Può firmare la liberatoria non appena la diocesi la invia per email?" Mi lancia un'occhiata. "Prenditela comoda domani, intesi? Ti manderò un'email con l'orario in cui dovremo partire non appena lo avrò stabilito."

Annuisco, il cuore mi batte. Non ci credo.

Sto andando ad Assisi!

Sarò *presente* alla beatificazione di Carlo.

GIORNO 6

9 Ottobre 2020

Mi lascio convincere da mamma a non andare a scuola oggi. Devo fare i bagagli e non voglio essere così stanco da indurla a decidere che dopotutto non è il caso di lasciarmi partire. E non credo di riuscire a sedere accanto a Razim per tutto il giorno senza vuotare il sacco. E a quel punto dovrei dirgli tutto.

Insistito nel fare una capatina alla via dello shopping per prendere alcune cose per il viaggio. Per prima cosa ho recitato la mia novena e ci penso mentre cammino perché mi preoccupa. Oggi, la citazione di Carlo era: "L'unica cosa che dobbiamo chiedere a Dio nella preghiera è la voglia di essere santi." Ma non è questo che sto domandando, giusto?

La meditazione parla di come Carlo chiedeva sempre a Dio "l'essenziale." "Dammi la grazia di un profondo desiderio per il Cielo," queste sono le parole che ho usato prima nella preghiera. Ma lo dicevo sul serio?

Quando raggiungo la farmacia sono troppo stanco per pensarci ancora. Non ricordo nemmeno di mettermi la mascherina fino a quando non arrivo al distributore di disinfettante. Ho il cervello completamente annebbiato. Trovo i tappi per le orecchie, la mascherina per gli occhi e il cuscino da viaggio più velocemente che posso, aggiungendo una confezione di mascherine chirurgiche monouso. Mi piace quella che ho in tessuto, personalizzata con la stampa dei miei disegni, ma mamma dice che sull'aereo dovrei indossarne una di tipo medico per avere la massima protezione.

Afferro anche qualche deprimentemente salubre snack vicino al registratore di cassa. Dovrebbe bastare. Devo andare a casa e riposare. Alle quattro verrà a prenderci un taxi che ci condurrà all'aeroporto.

Ma mi ritrovo di nuovo senza fiato mentre ripercorro l'affollata strada commerciale. Sento le gambe tremolare sotto di me. Uhm, non va bene. Mi affretto a sedermi su una panchina e metto la testa tra le ginocchia. Perché sono uscito? *Devo* essere a posto per stasera! Non è che una breve passeggiata. Starò peggiorando, deve trattarsi di questo.

Un cattivo odore raggiunge il mio naso e un'ombra si muove al mio fianco.

"Hei, ragazzo, stai bene?"

Mi guardo intorno. È il giovane senzatetto che spesso siede a mendicare nei dintorni. Era sparito durante il lockdown ma è già tornato. "Sì, sono solo un po' stanco."

"Sicuro?" Al di sotto della zazzera, il suo viso stanco è corrucciato per l'ansia. "Va tutto bene a casa piccolo?" I suoi occhi sono fissi sul mio polso, dove l'impronta della mano di Mario risalta sulla mia pallida epidermide in un brutale blu e nero.

Mi tiro su a sedere e spingo la manica in giù. "Sì, davvero, non è come sembra. Be', lo è ma non è quello che pensi. Ho la leucemia." Mi sorprende averlo detto come nulla fosse.

Il suo viso collassa per lo sgomento. "Cavoli, è un giorno raro quello in cui incontro qualcuno che se la passa peggio di me. Questo mi ricorda di essere riconoscente per le mie benedizioni, altro che."

Che sono piuttosto poche a giudicare dal suo aspetto. Mi sforzo di non pensare al suo lezzo e do un'occhiata intorno. "Sto andando nella caffetteria per riposare qualche minuto. Vuoi venire a mangiare un panino o altro?"

La meraviglia guizza attraverso il suo volto, poi lui sorride. "Sarebbe fantastico."

Qualche minuto più tardi ci troviamo in un separé seduti alle consuete distanze di sicurezza, e io cerco più che mai di ignorare il pestilenziale sentore del suo corpo mentre lui addenta una baguette. Immagino che non possa farci nulla. Non ha una casa nella quale fare una doccia. Io sorseggio un caffè sperando che la caffeina mi dia l'energia per rincasare ed entrare in casa sembrando abbastanza sano da poter viaggiare.

Il giovane, comunque, continua a lanciarmi delle occhiate mentre mangia.

"Che c'è?" domando infine. Non in modo arrabbiato. Mi limito a chiedere.

Lui scrolla le spalle. "Oh, di solito i ragazzini della tua età sono più veloci a lanciare una bottiglia a un tizio che a offrirgli un pasto e tu non mi hai mai rivolto veramente lo sguardo prima."

Mi riconosce? Sento le guance bruciare. Immagino sia così. Ho vissuto qui fin dalla nascita e lui sono anni che siede da queste parti, a fasi alterne.

"Be', uhm..." Prendo un sorso di caffè per nascondere la mia confusione. "Be', è che... di recente mi sono fatto un nuovo amico. E, uhm, lui trascorre un sacco di tempo a fare volontariato in un orfanotrofio, e con gli anziani e in una mensa. Mi fa sentire come se... sai, in realtà non facessi la mia parte."

Lui sogghigna mostrando i denti macchiati. "Sembra un gran bravo ragazzo. Sei fortunato ad avere un amico così."

"Già. Comincio a pensare di esserlo."

Uno svolazzo di nero fuori attira il mio sguardo. È padre Tommaso che passa – anche lui di ritorno dalla farmacia? Sollevo la mano e faccio un cenno attirando la sua attenzione. Lui attraversa la porta d'ingresso e si infila nel separé, sedendosi a una distanza adeguata. "Ciao, Daniele. Ciao, Gregorio."

Gregorio. Le mie guance avvampano.

Non gli ho nemmeno chiesto il suo nome – ho detto il mio!

D'un tratto immagino con nitidezza Carlo seduto accanto a me, che solleva gli occhi al cielo.

+

"Devo sedermi per un minuto."

Padre Tommaso cammina insieme a me verso casa poiché per lui è di strada, ma siamo solo a metà percorso e… io mi lascio cadere su un muretto.

"Ti senti bene, Daniele?"

"Sono a posto. Solo stanco. Per favore non faccia cenno di questo con mia madre. Questo viaggio ad Assisi è l'unica cosa positiva dell'avere il cancro. Be', questo e Carlo. Quanto più lo conosco tanto più mi fa sentire speranzoso. Come se stessi aprendo la porta di una stanza scura e vuota dentro di me e quanto più la apro, tanto più la luce si riversa al suo interno rivelando cose bellissime che non sapevo fossero là.

Padre Tommaso sembra preoccupato.

"Riposerò tutto il pomeriggio, lo prometto!"

"Va bene, va bene. Calmati."

Siedo in silenzio per qualche istante. Carlo mi fa sentire più coraggioso, eppure...

"Padre Tommaso Lei pensa che stia per morire?" Uhm, perché glielo sto chiedendo? Non è un dottore.

Lui piega leggermente la testa di lato. "Certo che sì." Solleva un sopracciglio. "Sai, è così per tutti noi."

"Oh, *Padre!*" Colpisco il suo braccio con il mio pugno. Ops, l'ho appena toccato e mi ritroverò dei lividi. "Non è divertente!"

Lui sogghigna facendomi perdere la mia indignazione ed esplodere in una risata.

Ma presto si spegne. Non avrei voluto dirlo ma viene fuori da sé. "Padre, ho veramente paura."

Lui perde subito il suo sorriso. Annuisce. "Certo. Questo è del tutto naturale, Ma sai che cosa ha detto Carlo quando ha appreso della sua diagnosi?"

Ho letto le parole diverse volte negli ultimi giorni così le recito: "'Sono felice di morire perché ho vissuto la mia vita senza sprecare un minuto in quelle cose che non piacciono a Dio.' Ma *io* non l'ho fatto, Padre

Tommaso!"

"Ma non sei ancora morto, non è così? Potresti vivere per anni, persino decenni. E anche se ti rimangono solo mesi, o settimane, o pochi giorni, be', questo non ti impedisce di utilizzarli bene, giusto? A maggior ragione. Molte persone pensano che fosse questo il motivo per cui Carlo era un tale uragano di vita, di iniziative, di gentilezza e generosità. Perché sapeva che non gli restava molto e non voleva sprecare un solo momento. Non era poi così diverso da te, Daniele. Era semplicemente un ragazzo normale che sapeva quali erano le sue priorità."

Priorità. Quali sono le mie priorità? La settimana scorsa pensavo di saperlo. Le mie creazioni in 3D. I miei amici. Il mio gatto, perfino.

Adesso, non ne sono così sicuro.

GIORNO 7

10 Ottobre 2020

Dopo una gustosa colazione continentale alla pensione del monastero dove siamo arrivati ieri sera sul tardi – e due tazze di caffè italiano super-forte per darmi la carica – ci avviamo alla porta d'ingresso. Qui trovo un autentico *scooter per disabili che mi aspetta.* Padre Tommaso capisce il mio disagio dicendomi senza giri di parole che se lo utilizzassi probabilmente saremmo riusciti a visitare alcune delle attrazioni, oppure se decidessi di no, probabilmente avremmo visitato solo la basilica principale. Aveva già previsto come si sarebbe svolta la nostra visita prima di avere la sua idea imbarazzante.

Salgo su. In effetti è sorprendentemente agile e piuttosto divertente. Padre Tommaso trotta dietro di me sorridendo per la mia gioia. Scommetto che anche

Carlo si sarebbe divertito su questo affare! Anche Razim, se si fosse convinto a provarci.

Visitiamo per prima l'imponente Basilica di Santa Maria degli Angeli, *all'interno* della quale scopro con meraviglia una minuscola e completa cappella, la 'Porziuncola', una di quelle in rovina restaurate da San Francesco, mi informa padre Tommaso, e nei pressi della quale lui morì. Non c'è ancora molta gente e padre Tommaso mi lascia pregare da solo al suo interno. La pace mi pervade mentre siedo e mi immergo nella calma dei semplici, antichi interni.

Alla fine tiro fuori il telefono e recito la mia novena. "La Vergine Maria è l'unica donna della mia vita," è la citazione di Carlo. Già, lui diceva il rosario *ogni giorno*, immancabilmente. Anche negli ultimi giorni della sua vita, in ospedale, lo recitava con la sua famiglia. Sollevo lo sguardo all'antico dipinto dell'Annunciazione sopra l'altare che mostra Maria che ascolta con calma l'angelo Gabriele mentre questi sgancia la bomba che stravolgerà la sua vita – e la metterà anche in pericolo. Avrebbe potuto essere lapidata, ricordo che padre Tommaso disse una volta.

Quando i dottori dissero a Carlo che stava morendo, lui ascoltò con altrettanta calma. Si guardò semplicemente intorno e disse a sua madre: "Mi piacerebbe lasciare questo ospedale ma so che non lo farò da vivo. Ti darò dei segni che sono con Dio."

Che cosa farò *io* lunedì se la prognosi non sarà buona? Piangerò? Diventerò furioso? Me la prenderò con Dio come papà? L'accetterò con la pace nel cuore, come ha fatto Carlo? Come ha fatto Maria?

Seduto qui, adesso, avvolto da questa pace, per la prima volta mi sembra quasi che, in fondo, potrei riuscirci. Cerco di memorizzare questa sensazione, imbottigliarla attentamente nel mio cuore per un utilizzo successivo. Torna padre Tommaso e mi conduce alla Cappella della Rinuncia. In questo punto avvenne la celeberrima scena di San Francesco che si tolse tutti vestiti e rinunciò ai beni paterni, allontanandosi nudo come un verme. Qui è dove Carlo è stato traslato, adesso che è – quaaasi – un Beato.

La nuova tomba è costruita in modo da dare l'impressione che leviti, con una luce che irradia tutto intorno. È decisamente straordinaria, ma ho appena il tempo di notarlo, poiché…

Cado sulle ginocchia, guardandolo, la bocca secca per lo shock e lo stupore.

Perché la tomba è *aperta*. Un pannello laterale è stato sostituito con il vetro e posso *vedere* Carlo, che giace all'interno, vestito con dei jeans e una maglia sportiva casual. Mentre padre Tommaso si inginocchia accanto a me sussurra: "Secondo alcune voci il corpo era incorrotto, ma nulla di confermato ufficialmente. Be', anche se hanno aggiunto un po' di cera e roba… Uao."

In effetti, uao. Il viso, la pelle, le mani di Carlo sembrano perfetti, i capelli anche, ogni cosa. Nessuna traccia di decomposizione. Morto? Sembra solo addormentato.

Ma è rimasto sepolto quattordici anni, giusto? Avrebbe dovuto essere uno scheletro con un po' di capelli e denti dopo appena un anno – è così che hanno detto in quel programma di indagini criminali che guarda Razim. Ma il suo corpo sembra intatto.

Stendo la mano con esitazione e la pongo sul vetro. La parte fisica di Carlo è proprio qui, così solidamente reale… La prossimità mi fa girare la testa. Per un po' non riesco a fare altro che fissarlo in ogni suo perfetto dettaglio. Il suo volto è rilassato, mostrando un'espressione di placido abbandono. Ha un aspetto così delicato.

Alla fine riesco a chiudere gli occhi e a parlargli delle cose che mi stanno a cuore. *Carlo, per favore prega per i miei genitori. Mi hai fatto sentire meglio riguardo a tutto, ti prego aiuta anche loro.* Li ho aggiunti alle intenzioni della mia novena così come suggerito da padre Tommaso, ma ho la sensazione che pregare per loro proprio qui sia molto più speciale.

Un profondo, profondo senso di benvenuto mi avvolge, come se andassi in giro con un migliore amico che è davvero contento di vedermi. Lacrime mi sgorgano dagli occhi. Non voglio andare via. Davvero non voglio.

Naturalmente alla fine devo staccarmi.

"Quindi, ciò significa che è definitivamente un santo?" domando a padre Tommaso non appena riprendo il controllo del mio respiro e mi sembra un po' meno come se mi avessero colpito in testa con un randello.

Lui sorride mentre procede a falcate accanto allo scooter elettrico. "In realtà no. Se non hanno annunciato che il corpo era propriamente incorrotto allora quasi certamente hanno usato della cera o qualcos'altro sul suo viso per renderlo pienamente, ehm, presentabile. In ogni caso, un livello significativo di assenza di corruzione è altamente indicativo, ma solo dei miracoli lampanti vengono considerati una concreta evidenza. La mancanza di corruzione è spesso soltanto parziale, o un semplice rallentamento della stessa, e le persone si chiedono se a volte possa esserci qualche oscura spiegazione scientifica. Così non è considerata una prova definitiva. Forse è uno scrupolo eccessivo ma in queste cose è preferibile che sia così, non credi? La canonizzazione richiede certezza non probabilità."

Non è una prova concreta? Mi acciglio. Quindi, il livello da raggiungere per la santità è piuttosto elevato. Certezza non probabilità uhm? Va bene così, suppongo. Ma è stato fantastico vederlo così. Adesso l'ho veramente completamente *incontrato!*

Ci dirigiamo giù per la collina per vedere la cappella di San Damiano e pregare davanti al famoso crocefisso dipinto – persino io ho sentito parlare del miracoloso crocefisso di San Damiano! È affollato nella misura in cui il distanziamento sociale lo consente, ma ha la stessa semplice bellezza della Porziuncola ed io colgo un fuggevole alito di quella pace durante una pausa di quiete in mezzo al rumore. Comunque sono particolarmente elettrizzato all'idea di visitare anche il convento perché è la sede di uno dei miracoli Eucaristici documentati da Carlo.

"Ci crederebbe che ha cominciato a trascinare i suoi genitori in giro per il mondo all'età di undici anni per vederli tutti?" dico a padre Tommaso, mentre ci rechiamo all'interno. "E quindi, a quattordici anni, ha creato un sito web e una mostra itinerante per condividerli con chiunque altro. Non riesco nemmeno a immaginare come organizzare una cosa del genere!"

Questo è il luogo in cui Santa Chiara di Assisi – il santo patrono della mia sorellina – respinse un esercito Saraceno semplicemente mostrando loro il Santo Sacramento. Suppongo che fu Gesù nella Sacra Eucarestia a respingerli Ma, in ogni caso, resta piuttosto inspiegabile che un'armata razziatrice abbandonasse tutte quelle suore disarmate e fuggisse.

Una pausa al caffè – sì, ho dormito per venti minuti riverso sul mio scooter e poi bevuto altro forte caffè italiano – e ci dirigiamo alla basilica principale di San Francesco dove più tardi avrà luogo la beatificazione. In una vicina costruzione pranziamo con il cardinale che si occuperà della vera e propria beatificazione e con alcuni altri rappresentanti. La maggior parte di loro parlano lingue diverse, così ci sono un sacco di reciproci cenni con il capo e sorrisi. Successivamente padre Tommaso mi porta in un convento vicino dove alcune suore gentili mi fanno sdraiare su un letto e dormire per un'ora. A quel punto sono troppo stanco per protestare, scooter o non scooter.

Mi sveglio in tempo per una rapida occhiata intorno all'enorme chiesa, poi è il momento del grande evento.

La Messa e la cerimonia di beatificazione sono un po' deludenti. Tanto per cominciare non sono presenti molte persone, a causa del virus. Ma almeno qualcuna c'è. A un certo punto una piccola processione percorre la navata: due uomini con la tonaca che portano qualcosa di elaborato seguiti da un uomo e una donna vestiti normalmente. Padre Tommaso mi sussurra che si tratta di un "reliquiario" contenente il cuore intatto di Carlo! E che l'uomo e la donna – che adesso vengono abbracciati dal cardinale – sono la mamma e il papà di Carlo. Uao. Come devono sentirsi, oggi?

Ma poichè è tutto in latino o in italiano – non saprei quale dei due – non capisco molto. Comunque riceviamo Gesù alla comunione.

Stavo pensando di camminare da solo, lasciando lo scooter nella ben distanziata panca: non sono un invalido totale. Non ancora. Ma i preti sono venuti incontro a ognuno di noi a turno. Carlo era solito dire: "Quanto più riceviamo l'Eucarestia tanto più diventiamo simili a Gesù e già su questa terra pregustiamo il Cielo." Dopo la sensazione di pace che ho provato stamattina mi propongo di considerare la cosa più seriamente da ora in avanti.

Tolgono il velo a una grande immagine di Carlo al centro del piazzale antistante la Basilica mentre tutti applaudono. Io continuo a guardarla ricordando come mi sentivo mentre pregavo stamattina e pensando quanto sarebbe stato impossibile per me sentirmi a quel modo appena una settimana fa. Come mi sentirei adesso senza il mio strano, nuovo, morto non-morto amico? A due giorni dalla prognosi dovrei essere terrorizzato, depresso, arrabbiato, colmo di odio per l'intero universo, ma non lo sono. Ho paura, certo...ma sono anche speranzoso per il futuro.

Stranamente ho più speranza di quanta ne abbia mai avuta. La speranza prima non faceva davvero parte della mia vita.

"Grazie Carlo," sussurro prima di andarcene.

Quindi, prendiamo un taxi. Mi addormento subito e la cosa successiva che ricordo è che sono passate quasi due ore, è scesa la sera e stiamo entrando a Siena. Padre Tommaso è stato davvero sagace – la scorsa notte abbiamo volato a Perugia, vicino ad Assisi, – ma ha prenotato il volo di ritorno da Firenze, vicino a Siena. In questo modo possiamo andare a vedere un'altro dei miracoli Eucaristici di cui parla Carlo prima di dirigerci all'aeroporto.

Mi ha anche detto di avere fatto una donazione a un sito che pianta alberi per compensare le emissioni di carbonio per coprire i nostri voli – e sono stato molto felice della notizia, anche se devo ammettere di non averci nemmeno ancora pensato, preso dall'eccitazione per tutto il resto. Gli ho detto che avrei diviso a metà con lui la spesa, ma lui mi ha invitato a fare un'altra donazione, se volevo. Devo farlo.

Mi sento rigido e indolenzito quando scendo dal taxi. Mi gira la testa. In effetti sono contento di vedere padre Tommaso che prende in consegna una sedia a rotelle da un sorridente prete italiano che, inoltre, apre per noi la cappella. Stanno aprendo soltanto per me?

Imbarazzato ma felice, cerco di rimanere sveglio mentre padre Tommaso mi spinge all'interno e il prete italiano tira fuori un fantasioso bicchiere contenente duecentoventitré ostie consacrate che sono rimaste in qualche modo intatte e incorrotte per oltre duecentocinquanta anni, contro tutte le leggi della fisica e della biologia – un fatto che delle approfondite analisi scientifiche non sono riuscite a spiegare.

Cerco di pregare provando ad apprezzare il momento, ma cavoli, sono stanco. Mi torna in mente una cosa che la madre di Carlo ha detto a proposito di lui: come chiedesse spesso perché così tanti cattolici riuscissero a stare a lungo in fila per assistere a dei concerti rock ma non a trovare cinque secondi liberi per stare davanti al Dio vivente nel tabernacolo al quale dobbiamo la nostra stessa esistenza. Um… già. Cerco di concentrarmi sulle ostie miracolose piuttosto che sul pensiero di tornare in quel morbido silenzioso taxi.

L'adorazione, leggevo appena l'altro giorno, produce frutti invisibili, di cui Carlo ha fatto esperienza – quelli che l'apostolo Paolo elenca nelle sue lettere: gioia, pace, serenità, dominio di sé, profezia, non temere la morte, vivere la vita per gli altri. L'adorazione ha reso Carlo "un compagno di Gesù."

Mentre fisso gli umili cerchi di pane nella loro custodia di vetro, il cuore mi fa male. Tremando per lo sforzo, faccio perno sulla sedia a rotelle e ne esco, cadendo in ginocchio davanti a Dio.

In questo istante, so di voler essere anch'io un compagno di Gesù.

Qualunque sia il prezzo.

DOMENICA:

GIORNO 8

11 Ottobre 2020

Mi sveglio con il vago ricordo di essere arrivato a casa *molto* tardi, di padre Tommaso e papà che mi portano dentro...con la rassicurante di padre Tommaso che riecheggia nelle mie orecchie: "È solo molto stanco. Abbiamo avuto una giornata impegnativa." Di papà che mi sfila i vestiti sudati per il viaggio e del mio beneamato letto che si solleva per venirmi incontro, con la mia guancia che affonda nel morbido cuscino...

Mi sento ancora sfinito, ma sono piuttosto sveglio. Sento il caldo peso di Arnoldo sulla schiena. Apro gli occhi con riluttanza, poi sussulto così forte da dare una scossa a ogni ossa indolenzita del mio corpo e scrollarmi di dosso un gatto irascibile. "Chiara!"

La mia sorellina ha il mento poggiato sul letto e mi fissa in viso.

"Chiara, che stai facendo?"

"Soltanto… Ti guardo."

"Perché?"

"Così non sparisci."

"Non sto…" Mordo un labbro. Ops, un altro livido. "Senti, che cosa ti hanno detto mamma e papà?"

"Papà ha detto che sei molto ammalato e che potresti andare via e sparire completamente, per sempre."

Sospiro. Voglio tornare a dormire, ma gli occhi di Chiara si stanno riempiendo di lacrime. "Ehi, vieni qui."

Lei si arrampica sul letto e io le stringo le braccia intorno tenendola vicino, un fagottello di calda vita contro il mio corpo malato. "È tutto a posto Chiara, va bene? Papà non si è spiegato bene. Sono molto malato e, uhm, non è *impossibile* che io possa morire a un certo punto. Tu capisci cosa vuol dire questo, non è così?"

Lei annuisce, attaccandosi come un'ostrica e cominciando a piangere, così le carezzo i capelli e cerco di calmarla. Come lo spiegherebbe Carlo a un seienne? "Shh, ascolta, Chiara, questo *non* significa che io sarei *sparito*, va bene? Sarei sempre qui, accanto a te. Tu non riusciresti più a *vedermi* e *io* non riuscirei più a parlare con te ma *tu* potresti parlarmi e io potrei pregare per te. Quindi non sarebbe poi così male dopo tutto, non è così? Non sarei proprio *sparito-sparito*."

"Va bene." La sua vocina si smorza sul mio petto. "Ma non voglio che te ne vai."

"Neanch'io," sussurro, le palpebre pesanti.

Un cigolio proviene dalla porta, come quando mamma o papà origliano per vedere se sto al computer quando dovrei essere a letto, ma sono troppo assonnato per girare la testa e guardare...

+

Chiara non c'è più quando mi sveglio di nuovo e la luce che filtra intorno alle tende si sta affievolendo. Arnoldo adesso dorme ai miei piedi. Sbadiglio, mi stiracchio, rabbrividisco, poi noto mamma seduta sulla mia poltrona. "Mamma? Che fai? Che ore sono?"

Lei controlla il suo orologio. "Quasi le quattro."

"Del pomeriggio? Cavoli, ho dormito per tutto il giorno?"

Lei annuisce. "Hai fame?"

"Sì!" Tiro via le coperte e mi tiro su a sedere.

"Posso portarti qualcosa a letto..."

"Cosa? No, mi alzo!" Voglio andare alla Messa delle sei!

Presto sono docciato e vestito e siedo al tavolo da pranzo mentre tutti fanno uno spuntino durante un sostanzioso tè del pomeriggio. Be', mi unisco anch'io. Mamma sembra non riuscire a staccarmi gli occhi di dosso mentre mangio, anche papà continua a lanciarmi delle occhiate. È anche peggio del solito.

"Che c'è?" chiedo alla fine, intercettando lo sguardo di mamma.

Lei arrossisce. "Oh, è solo che… non hai smesso di sorridere da quando sei tornato a casa. Sei quasi… *radioso*."

Anche le mie guance avvampano. "Be' è stato un viaggio talmente eccezionale!" Ingoio l'ultimo boccone e inizio a parlargliene, dando finalmente a Chiara il piccolo rosario a braccialetto di Santa Chiara che le ho comprato nel negozio dei ricordi di San Damiano.

"Ha veramente respinto un intero esercito?"

"Giustissimo e si è anche alzata dal letto per farlo mentre era molto malata."

"Uao!" Chiara stringe il suo braccialetto, gli occhi che le brillano, poi abbraccia anche me e si fionda fuori della stanza, probabilmente per provarlo di fronte alla sua piccola specchiera.

Guardo papà che è rimasto imbronciato per la maggior parte del mio racconto. "Papà, non sei contento che mi sia divertito?"

Lui diventa ancora più corrucciato. "Naturalmente. Ma Dio ha permesso che ti ammalassi di cancro: come puoi ancora credere che *si preoccupi* di te?"

Traggo un respiro profondo in cerca di parole. Perché più ci ho pensato più mi sono convinto che padre Tommaso abbia ragione. "Papà, Dio mi ha *creato*. Se Egli vuole... tagliarmi e incollarmi in una diversa area di lavoro, be', può farlo, giusto? Io non voglio che lo faccia già, non fraintendermi ma se lo fa, be', perché non dovrebbe? Quindi... *per favore* non essere arrabbiato con Lui. Non voglio che tu lo sia."

In silenzio papà comincia a raccogliere i piatti sporchi, io do un'occhiata all'orologio in cucina. Dieci minuti alle sei. Cerco di balzare in piedi e di acquisire una sorta di vacillante posizione eretta geriatrica. "Oh no, come farò per andare a Messa in tempo?" Sinceramente non sono nemmeno sicuro di poterci arrivare per come mi sento.

"Oh, Daniele, non devi andarci per forza oggi," dice mamma. "Sei così stanco!"

"Voglio andare, mamma! Non puoi darmi un passaggio?"

Gli occhi di mamma percorrono il mio viso. "Be'... se vai mi piacerebbe venire anch'io." Adesso lei evita il mio sguardo. "Io... non ho avuto il coraggio di andarci stamattina.. sembravi... talmente stanco."

Improvvisamente papà tira fuori le chiavi dell'auto dalla tasca. "Sentite, vi darò io uno strappo fin là va bene?" Sì! D'istinto mi faccio avanti e lo abbraccio. "Grazie, papà."

+

Cerco di non fumare dalla rabbia mentre papà si ferma a un altro semaforo rosso. Dopo che mamma fosse riuscita a mettere le scarpe a Chiara, eravamo già in ritardo, già in macchina.

Fisso il profilo di papà mentre ci avviciniamo alla chiesa. *Entrambi* i genitori di Carlo sono tornati alla fede, giusto? Cavoli, perché no? "Papà ti piacerebbe venire con noi?"

Seduta sul sedile anteriore mamma trattiene il fiato lanciando un'occhiata a papa, temendo che lui possa urlare, Chiara solleva la sua copertina da auto e sbircia dal di sopra. Anche lei deve soffrire per i loro litigi.

Papà non dice nulla. La luce diventa verde. Stiamo percorrendo la strada seguente quando lui finalmente borbotta: "Anche se volessi – e così non è – ormai non ci saranno più posti dove parcheggiare." Ha ragione. Pure,Papà non ha urlato e mamma si rilassa di nuovo.

*Carlo, per favore prega per un parcheggio. Signore, fa'
che c'è ne sia uno.*

Ma stiamo accostando davanti alla chiesa e non si
vedono altro che auto parcheggiate, nemmeno un
posteggio vuoto in vista. Come facevano le persone
prima del virus è uno dei misteri della vita. Cercando
di non sospirare in maniera udibile, apro la portiera e
mi trascino fuori. Oggi sono così rigido e dolorante
comunque, sto cercando di non far notare il mio
disagio. Offrirlo piuttosto, come faceva Carlo.
Quando ha cominciato a stare male ha subito offerto
tutte le sue sofferenze per il Papa, la Chiesa e il suo
proprio ingresso in Cielo.

Mentre chiudo la portiera dell'auto vedo delle
luci di retromarcia avvicinarsi lungo la strada. Mi
sporgo di nuovo dentro. "Guarda, papà! Uno spazio."

"Già. Entrate voi altri o farete tardi."

Con il cuore che affonda di nuovo seguo mamma
infilandomi la mascherina. La sua espressione rivela
che lei non crede che papà stia andando a
parcheggiare. Probabilmente ha ragione. Be', ma è
valsa la pena provare. E tra l'altro non ha urlato.

È bello stare seduto anche sopra una dura panca.
Chiudo gli occhi e cerco di ricordare quella
sensazione di pace, provando a prepararmi per la
Messa Finché qualcuno si siede giusto accanto a me.
Sgrano gli occhi: *ehi, non hanno sentito parlare di*

distanza socia…

È papà!

È seduto lì con la testa curva sulle spalle, come una tartaruga scontrosa – ma é comunque seduto lì. Gli faccio un cenno con la testa in segno di benvenuto. Lui brontola.

Padre Tommaso sembra stanco quando entra nel santuario. Avrà dovuto celebrare Messe per tutto il giorno mentre io stavo a letto. Deve fare così tanti straordinari adesso a causa del virus. Mi imbarazza sentirmi di nuovo assonnato durante la prima lettura ma, non appena le prime parole si fanno strada dentro di me, divento subito tutto orecchie.

"Preparerà il Signore degli eserciti per tutti i popoli, su questo monte un banchetto di grasse vivande…"

Aspetta un attimo, sta parlando del paradiso? Ascolto mentre il lettore prosegue: "Egli strapperà su questo monte il velo che copriva la faccia di tutti i popoli e la coltre distesa su tutte le nazioni. Eliminerà la morte per sempre."

Guardo papà. Siede rigido, una lacrima gli scorre lungo una guancia. Sento lo stomaco contrarsi e distolgo subito lo sguardo. Il lettore prosegue: "Il Signore Dio asciugherà le lacrime su ogni volto."

Di fianco a me mamma tira fuori un fazzoletto e si asciuga gli occhi. Per la prima volta, come un alito gelido che mi attraversa la mente, mi chiedo se il dottore abbia detto qualcos'altro a papà mentre mamma mi abbracciava e piangeva? Qualcosa del tipo: "Si prepari per il peggio"? È per questo che sembrano così... Voglio dire, non posso credere che abbia detto a Chiara quello che ha detto, considerando anche che non avremo la prognosi prima di domani.

Ops, mi sono deconcentrato dal resto della lettura. Siamo giunti al salmo.

"Il Signore è il mio pastore, non manco di nulla..."

Oh ragazzi. Quel salmo, proprio oggi? Mamma adesso singhiozza. Ma forse il dottore non ha detto nulla di più, forse hanno solo paura. Sono i mei genitori: sentono che dovrebbero essere capaci di proteggermi da qualunque cosa, non è così? Ma non possono proteggermi da questo.

"Anche se vado per una valle oscura non temo alcun male, perché tu sei con me. Il tuo bastone e il tuo vincastro mi danno sicurezza."

Afferro la mano di mamma. La stringo forte.

"Abiterò ancora nella casa del Signore per lunghi giorni."

Mi arrischio e do una rapida stretta anche alla mano di papà. Lui non reagisce, lo sguardo fisso davanti a lui, cosi cerco di ascoltare la seconda lettura.

"So come essere povero e anche come essere

ricco," comincia il lettore. Questo mi fa pensare a Carlo che ha vissuto in maniera così semplice che di fatto ha protestato quando i suoi genitori volevano comprargli un secondo paio di scarpe. Inoltre lui risparmiava per comprare sacchi a pelo per i senzatetto. Ma era felice di spendere per promuovere la sua mostra itinerante sui miracoli Eucaristici. Come diceva? Ah, sì: "Il denaro è solo carta straccia. Ciò che conta nella vita è la nobiltà dell'anima, cioè il modo in cui si ama Dio e il proprio vicino."

Carta straccia giustissimo. Tutti i soldi del mondo non servirebbero a salvarmi, non è così?

"Non c'è nulla, prosegue il lettore "che non possa padroneggiare con l'aiuto di Colui che mi da' la forza."

Già. Non ci avrei mai creduto prima ma Carlo è la prova. Forse anch'io sto cominciando a esserne la prova. Uhm. Strana considerazione. Sto "padroneggiando" questo? Be', ci sto *provando*.

+

Rimango seduto sulla panca quando la Messa finisce, mentre mamma porta Chiara ad accendere delle candele e papà gironzola per la chiesa. Sorpresa, sorpresa, mi sento scombussolato ma provo a pregare per qualche istante in silenzio, poi tiro fuori il telefono. Ancora non ho recitato la novena.

Noto con sollievo che le parole di Carlo di oggi ormai mi sono molto familiari: "L'Eucarestia è la mia autostrada per il Cielo." Non devo scervellarmi in proposito. *Dammi la grazia di un profondo fervore eucaristico.*

Uhm, aspetta un attimo, sto diventando sbadato. Non ho recitato la preghiera introduttiva. Lo faccio scrupolosamente nella mia testa ma quando arrivo al momento della mia richiesta esito. "Per mamma e papà," sussurro, come ho sempre fatto – anche se, quando guardo da sopra la spalla, vedo papà vicino alla porta impegnato in una profonda ma insolitamente gradevole conversazione con, cito testualmente, "quella mezza calzetta di un prete saputone" padre Tommaso. Quindi sembra che le cose vadano bene.

Grazie, Carlo; grazie Signore.

Aggiungo la mia seconda richiesta: "Lasciami vivere." Poi rimango seduto a lungo, colmo di insoddisfazione, sentendo gli occhi di Carlo su di me, consapevole della presenza di Gesù nel tabernacolo, in lotta con me stesso. Alla fine mormoro: "Lasciami vivere... per sempre con Te."

Un'onda di paura che attanaglia lo stomaco mi attraversa subito, come se avessi appena dato il permesso a Dio di uccidermi o qualcosa del genere.

Respiro lentamente cercando di calmarmi. Dio farà qualunque cosa abbia inteso fare dal principio. Qualunque cosa sia meglio per me, un semplice essere umano, poco intelligente che non vede oltre la punta del proprio naso. L'unica cosa che *io* posso cambiare è il mio atteggiamento, giusto?

Allo stesso tempo aggiungo qualcosa sottovoce: "Preferibilmente non ancora Signore. Ma... ma... be', suppongo che dipenda da Te."

LUNEDÌ:

GIORNO 9 – IL GIORNO DELLA PROGNOSI

12 Ottobre 2020

Bzz.

Uhm? Sonnecchiante, libero il braccio dalle coperte e afferro il telefono. Il messaggio proviene da Razim.

Passo a prenderti alle dieci.

Il papà di Razim ha dei turni imprevedibili ma a volte ci accompagna entrambi a scuola mentre si reca al lavoro. Perché mamma non mi ha svegliato?

La mano che impugna il telefono è chiazzata di lividi blu e neri. Ah, già. È il giorno della prognosi. Scrivo: *Mi spiace Raz oggi non verrò a scuola.*

Bzz.

Perché no?

Esito. Infine, scrivo: *Appuntamento all'ospedale.*

Lui non replica nel lasso di tempo che occorre per

tirarmi su le coperte, lasciare affondare di nuovo la testa nel cuscino e chiudere gli occhi…

+

"Daniele?" È la voce di mamma. Sembra incerta. Sollevo lentamente le palpebre. "Daniele, Razim è venuto a trovarti."

Razim sguscia davanti a mamma prima che lei possa fermarlo, chiaramente intenzionato a scoprire cosa mi è successo. Mamma sposta lo sguardo da lui alla massa sul letto che sarei io.

"Va bene, mamma," riesco a dire. Lei esce e mi tiro su a sedere, solo quando il piumino scivola giù mi rendo conto che non indosso la parte superiore del pigiama. Mi sono talmente stancato ieri sera mentre mi preparavo che sono semplicemente piombato nel letto senza indossarlo. Il mio petto è in bella mostra, segnato con un livido in ogni punto sul quale abbia dormito e da ogni elastico che mi sia sfilato negli ultimi giorni.

Razim spalanca la bocca. "Ehi amico, Mario te le ha suonate?"

"No. Senti… mi dispiace non avertelo detto subito chiaramente ma… be', ho la leucemia."

Lui si lascia cadere ai piedi del letto vicino ad Arnoldo, fissandomi. "È… una cosa seria, giusto?

"Già, è… piuttosto grave."

I suoi occhi saettano dal mio viso ai mie lividi e poi di nuovo indietro. "Stai per… uhm…"

"Morire?" Mi sorprende con quanta calma pronuncio la parola. "Ancora non lo so. Ci daranno la prognosi in mattinata."

Lui stringe le braccia intorno al suo petto, abbracciandomi e fissandomi in viso. "Allora… allora perché sembri così *felice*, amico?"

Scrollo le spalle e mi passo una mano tra i capelli che potrei non avere ancora a lungo. "È stata una diamine di settimana. Non indovineresti mai dove mi trovavo sabato!"

I suoi occhi guizzano su di me. "In ospedale?"

"In Italia!"

"*Italia?* Pensavo che fossi malato, amico!"

"Lo sono! E' per questo che sono dovuto andarci: ci crederesti?"

Posso parlare a Raz di cose religiose? Per un istante esito. La sua famiglia non è affatto religiosa, solo culturalmente musulmana. Poi ricordo come Carlo fece la cresima a undici anni e subito dopo divenne un catechista. Come chiaccherasse con tutti i tipi di persone mentre andava a scuola ogni giorno facendo amicizia con un sacco di immigrati – indù, mussulmani, buddisti – chiunque. Ha fatto anche da padrino quando uno di loro è stato battezzato!

Quando è morto tutti loro sono andati a rendergli omaggio e i suoi genitori sono rimasti allibiti poiché non sapevano nulla al riguardo.

Afferro il foglio della preghiera che padre Tommaso mi ha dato, sembra un secolo fa, dal comodino dove mamma l'aveva messo quando ha preso i miei vestiti per lavarli. "Guarda! Il nome di questo ragazzo è Carlo. Lui è la ragione per la quale sono andato ad Assisi…"

Al principio con esitazione ma poi con sempre più confidenza, inizio a raccontargli di Carlo e del viaggio per la beatificazione. Una volta che ho cominciato a parlare non sono più riuscito a fermarmi. Raz se ne sta seduto gli occhi sgranati e le spalle rigide, come se non riuscisse a decidere se tirarsi indietro o farsi più vicino.

"Hai sentito quella citazione di Steve Jobs? Carlo l'adorava – e la metteva in pratica interamente. Fammi provare a ricordare…" Storco la faccia in sù e le parole mi sovvengono – le ho lette spesso questa settimana. "Il tuo tempo è limitato, quindi non sprecarlo vivendo la vita di qualcun altro… Essere l'uomo più ricco nel cimitero non mi interessa… andare a dormire la sera pensando che abbiamo fatto qualcosa di meraviglioso…è questo che mi interessa."

Smetto di parlare soltanto quando mamma apre la porta per informarci che sono venti minuti che il padre di Razim suona il clacson fuori e che forse non ci rendiamo conto che lui sarà terribilmente in ritardo a scuola.

"Ehi, buona fortuna per oggi, amico." Raz si sporge per darmi una pacca sulla schiena, ma poi la converte in un gentile colpetto tra i pugni.

"Grazie."

Esce, lanciandomi un'ultima ansiosa occhiata con gli occhi sgranati. Dirà a tutti che sono diventato una sorta di invasato cristiano? Mi sorprende scoprire quanto poco mi importa. In ogni caso, probabilmente, non frequenterò molto la scuola nei prossimi tempi.

A parte questo non voglio più essere una fotocopia.

+

Quando mamma mi sveglia per prepararmi per l'appuntamento mi rendo conto di non avere ancora recitato la mia novena. Afferro rapidamente il telefono.

Oh ragazzi. Sarebbe questa la citazione di oggi. "Sono felice di morire perché ho vissuto la mia vita senza perdere alcun minuto in cose che non piacciono a Dio." E la meditazione: *Dammi la grazia delle grazie, cioè la perseveranza finale e una morte santa.*

Malgrado la residua euforia per sabato – e per quello che è successo con papà ieri sera – leggere questo, proprio stamattina, mi sta rendendo di nuovo alquanto timoroso.

Poi ricordo quello che ha detto padre Tommaso. Tutti moriamo. Quindi immagino che questa preghiera sia importante per chiunque. Dunque è importante per *me*, quale che sia la prognosi.

Recito le preghiere della novena, poi mi rendo conto che ho dimenticato di nuovo quella introduttiva. Voglio fare la stessa richiesta – aggiornata – di ieri sera, ma mi resta nella gola che sento serrata per la paura.

Tengo gli occhi chiusi e respiro lentamente e profondamente, cercando di trovare la pace che ho imbottigliato ad Assisi. Non smetto del tutto di sentirmi teso e sulle spine, ma alla fine sento altre parole di Carlo sussurrare nella mia mente: "Il nostro obiettivo deve essere l'infinito e non il finito. L'infinito è la nostra patria. Da sempre siamo attesi in Cielo."

Lui è morto così serenamente, così gioiosamente. Così *generosamente* perché conosceva le sue priorità. Perché sapeva dove si trovava la sua vera casa e ovviamente lui adesso è *là*. È stato confermato, come minimo, un miracolo; investigato da un punto di vista medico prima della sua beatificazione. Così come tutto il resto. Lui ha promesso dei segni ai suoi genitori – *segni,* non *un* segno – che si trovava con Dio, e sua madre ha dato alla luce due gemelli esattamente quattro anni dopo la sua morte, non un giorno prima o dopo, quando aveva quarantaquattro anni che, a quanto sembra, è un'età piuttosto avanzata per avere dei bambini. Loro erano certi che si trattava dei segni promessi.

E c'era quel giovane prete in Costa Rica che ha sognato per tre volte un adolescente sorridente che voleva incontrare tutti gli amici preti per aiutarli ad amare di più Dio. Qualche tempo dopo nello stesso mese il prete vide – per la prima volta in assoluto – una foto di Carlo e lo riconobbe subito – per averlo sognato! E quello che Carlo ha fatto per me questa settimana, con le sue preghiere e il suo incoraggiamento… E per mamma e papà… Sì, è vero, è giunto nella nostra vera casa.

Anch'io sono "atteso" là. Forse lo raggiungerò presto. Forse non subito. Forse non prima che sia passato molto tempo. Ma se è veramente là che voglio essere un giorno devo concentrarmi su questo, qualunque cosa dica il dottore oggi. Non voglio permettere alla paura di soffocare la nuova vita che sta sbocciando dentro me. Mi rifiuto di avere paura di qualcosa così meraviglioso come… come *stare con Dio.*

Con gli occhi ancora chiusi sussurro la mia

richiesta. "Per mamma e papà. E fammi vivere per sempre con Te. Quando Sei pronto per me. Amen."

+

"Daniele?" Un'infermiera entra nella sala d'attesa. "Il primario vuole vederti. Prego, da questa parte."

Mamma balza su e anch'io mi alzo. Papà è già in piedi e va su e giù per la stanza. Andiamo nel corridoio e ci fermiamo davanti alla porta in fondo. Papà cerca la mano di mamma e la stringe forte, lei ingoia un sospiro che è per metà un singhiozzo.

Mi volto e la stringo più forte che posso – o forse un po' di più. Che importa avere qualche livido in più a questo punto? "Va bene così mamma. Andrà tutto bene. Lo capisci, vero? Qualunque cosa accada sarà tutto a posto."

I suoi occhi mi sorridono da sopra la mascherina quando la lascio andare, un sorriso acquoso. "Ah, Daniele guardati. Sembri proprio un uomo adesso. Non riesco a credere quanto sei cresciuto questa settimana."

Scrollo le spalle, imbarazzato. "Sarò sempre il tuo piccolo, non è così?"

Lei mi abbraccia di nuovo stringendomi forte. Quando finalmente mi lascia andare guardo papà. "Entriamo?"

Lui annuisce ma nessuno si muove. Guardo la porta e immagino Carlo di fianco a me. Sì, non importa cosa diranno là dentro. Ho un amico che mi aiuta a fare ordine nelle mie priorità. E andrà tutto bene. In ogni caso.

Inspiro profondamente, raddrizzo le spalle, apro la porta – e compio il passo successivo nel mio viaggio verso casa.

PREGHIERA UFFICIALE PER CHIEDERE LA BEATIFICAZIONE E CANONIZZAZIONE DEL VENERABILE CARLO ACUTIS

O Padre,
che ci hai donato la testimonianza ardente,
del giovane Venerabile Carlo Acutis,
che dell'Eucaristia fece il centro della sua vita
e la forza del suo quotidiano impegno
perchè anche gli altri Ti amassero sopra ogni cosa,
fa' che possa essere presto
annoverato tra i Beati e i Santi della Tua Chiesa.

Conferma la mia Fede,
alimenta la mia Speranza,
rinvigorisci la mia Carità,
a immagine del giovane Carlo,
che, crescendo in queste virtù,
ora vive presso di
Te.Concedimi la grazia di cui tanto ho bisogno...

Confido in Te, Padre,
e nel Tuo amatissimo Figlio Gesù,
in Maria Vergine, nostra dolcissima Madre,
e nell'intercessione del Tuo Venerabile Carlo Acutis.

Pater, Ave, Gloria

Imprimatur in Curia Archiepiscopali Mediolanensi
6.X.2014 +Angelo Mascheroni

NOVENA BEATO CARLO ACUTIS

PREGHIERA INIZIALE

Santissima Trinità, Padre, Figlio e Spirito Santo, io vi adoro profondamente e vi ringrazio per tutti i favori e le grazie di cui avete arricchito l'anima del Beato Carlo Acutis durante i suoi 15 anni trascorsi su questa terra e per i meriti di questo amato angelo della gioventù, concedetemi la grazia che vi chiedo ardentemente

(qui si formula la grazia che si vuol ottenere).

MEDITAZIONE DEL PRIMO GIORNO
"Non io ma Dio".

Beato Carlo Acutis, che hai fatto della tua vita una continua rinuncia ed annientamento, ottienimi la grazia di cercare le cose del Cielo e di disprezzare quelle che passano. Amen.

Si recitano 5 "Padre Nostro", 5 "Ave Maria" e 5 "Gloria al Padre", in ringraziamento a Dio per i doni concessi a Carlo nei 15 anni della sua vita terrena.

MEDITAZIONE DEL SECONDO GIORNO
"Essere sempre unito a Gesù,

ecco il mio programma di vita".

Beato Carlo Acutis, che hai vissuto sempre unito al Cuore di Gesù, ottienimi la grazia di compiere, in tutto, questo disegno d'amore secondo il Cuore di Dio. Amen.

Si recitano 5 "Padre Nostro", 5 "Ave Maria" e 5 "Gloria al Padre", in ringraziamento a Dio per i doni concessi a Carlo nei 15 anni della sua vita terrena.

MEDITAZIONE DEL TERZO GIORNO

"Chiedi continuamente aiuto al tuo Angelo custode che deve diventare il tuo migliore amico".

Beato Carlo Acutis, che hai cercato, già in questo mondo, la compagnia dei Santi Angeli, ottienimi la grazia di vivere rettamente come lo vuole il mio Angelo Custode. Amen.

Si recitano 5 "Padre Nostro", 5 "Ave Maria" e 5 "Gloria al Padre", in ringraziamento a Dio per i doni concessi a Carlo nei 15 anni della sua vita terrena.

MEDITAZIONE DEL QUARTO GIORNO

"La mongolfiera, per salire in alto ha bisogno di scaricare pesi, così come l'anima per elevarsi al Cielo, ha bisogno di togliere quei piccoli pesi che

sono i peccati veniali. Se per caso c'è un peccato
mortale, l'anima ricade a terra e la Confessione è
come quel fuoco che quando viene acceso fa risalire
in Cielo la mongolfiera. Bisogna confessarsi
spesso".

Beato Carlo Acutis, che hai vissuto così bene questo
Sacramento di Riconciliazione, ottienimi la grazia di
cercare regolarmente la confessione con una profonda
contrizione. Amen.

*Si recitano 5 "Padre Nostro", 5 "Ave Maria" e 5 "Gloria al
Padre", in ringraziamento a Dio per i doni concessi a Carlo
nei 15 anni della sua vita terrena.*

MEDITAZIONE DEL QUINTO GIORNO

**"La tristezza è lo sguardo rivolto verso se stessi,
la felicità è lo sguardo rivolto verso Dio".**

Beato Carlo Acutis, che non hai mai distolto lo
sguardo da Gesù, il tuo grande amore, ottienimi la
grazia di vivere già in questo mondo questa vera
felicità. Amen.

*Si recitano 5 "Padre Nostro", 5 "Ave Maria" e 5 "Gloria al
Padre", in ringraziamento a Dio per i doni concessi a Carlo
nei 15 anni della sua vita terrena.*

MEDITAZIONE DEL SESTO GIORNO

"L'unica cosa che dobbiamo chiedere a Dio nella preghiera è la voglia di diventare Santi".

Beato Carlo Acutis, che sempre hai saputo chiedere a Dio l'essenziale, ottienimi la grazia di un profondo desiderio per il Cielo. Amen.

Si recitano 5 "Padre Nostro", 5 "Ave Maria" e 5 "Gloria al Padre", in ringraziamento a Dio per i doni concessi a Carlo nei 15 anni della sua vita terrena.

MEDITAZIONE DEL SETTIMO GIORNO

"La Vergine Maria è l'unica donna della mia vita".

Beato Carlo Acutis, che hai amato la Vergine Maria più di tutti, ottienimi la grazia di rispondere sempre all'amore di questa così tenera e buona Madre. Amen.

Si recitano 5 "Padre Nostro", 5 "Ave Maria" e 5 "Gloria al Padre", in ringraziamento a Dio per i doni concessi a Carlo nei 15 anni della sua vita terrena.

MEDITAZIONE DELL'OTTAVO GIORNO

"L'Eucaristia è la mia autostrada per il Cielo".

Beato Carlo Acutis, che cercavi sempre il tuo Gesù nascosto nel Tabernacolo, ottienimi la grazia di un profondo fervore eucaristico. Amen.

Si recitano 5 "Padre Nostro", 5 "Ave Maria" e 5 "Gloria al Padre", in ringraziamento a Dio per i doni concessi a Carlo nei 15 anni della sua vita terrena.

MEDITAZIONE DEL NONO GIORNO

"Muoio felice, perché non ho vissuto neanche un minuto della mia vita in cose che non piacciono a Dio".

Beato Carlo Acutis, ottienimi la grazia delle grazie, cioè la perseveranza finale ed una morte santa. Amen.

Si recitano 5 "Padre Nostro", 5 "Ave Maria" e 5 "Gloria al Padre", in ringraziamento a Dio per i doni concessi a Carlo nei 15 anni della sua vita terrena.

PREGHIERA FINALE

Dio Padre di Misericordia, eleva alla gloria degli altari il Beato Carlo Acutis, affinché attraverso di lui Tu sii sempre più glorificat o. Dacci l'onore di in vocarlo Santo, lui che ha semp re fatto la Tua volontà in tutte le cose, e per i suoi meriti concedimi la grazia che ardentemente desidero. Amen.

IMPRIMI POTEST + Janusz Marian Danecki, OFMCon v. Vescovo Ausiliare del l'Arcidiocesi Campo Grande (Brasile), 30 Settembre 2016

PER SAPERNE DI PIÙ

Ci sono molti libri sul beato Carlo disponibile
in italiano.
Potrebbero interessarti anche i seguenti siti web:

Sito web ufficiale (video e informazioni):
www.carloacutis.com/en/association

Collegamenti alle mostre itineranti di Carlo:
http://www.carloacutis.com/

SPUNTI DI DISCUSSIONE

1. *Daniele e Carlo hanno ricevuto delle diagnosi mediche molto simili, ma la loro reazione è piuttosto diversa.*
- Con quale reazione ti identifichi di più?
- È così che pensi potresti reagire tu?
- Perché?
- Preferiresti reagire in maniera diversa?

2. *La mamma di Daniele si rivolge a Dio durante questa situazione difficile, ma il suo papà rifiuta Dio.*
- Secondo te perché reagiscono in modo così diverso?
- Con quale reazione ti identifichi di più?
- Perché?

3. *A Carlo piacevano i videogiochi ma limitava severamente il tempo che trascorreva a giocarci per potersi dedicare a cose come lavorare nel rifugio per i senzatetto, pregare e dedicarsi al suo progetto sui miracoli Eucaristici.*
- Ti capita mai di non riuscire a trovare il tempo per pregare, fare opere di carità o dedicarti ad altre attività religiose?
- C'è qualcosa nella tua vita che, per quanto innocua o persino benefica quando usata nel modo appropriato, ti porta via troppo del tuo tempo?
- Potresti facilmente ridimensionare questa attività?

- Se no, perché? (Le dipendenze si presentano in
  molti modi e forme diverse e ci portano sempre
  lontani da Dio.)

4. *Carlo parlava apertamente della sua fede e morale
   cattolica a scuola e con i suoi amici. Con la sua
   influenza, e quella dello Spirito Santo, Daniele trova il
   coraggio di fare lo stesso.*
- Tu parli apertamente di queste cose?
- Perché/Perché no?
- Perché ciò è importante?

5. *Padre Tommaso usa la metafora del vaso di un'artista
   per spiegare a Daniele che lui è un ente creato, una
   creazione di Dio.*
- Che cosa ne pensi di questa metafora?
- Trovi che sia efficace
- Perché/Perché no?
- Riusciresti a trovarne una migliore?

6. *Daniele impara qualcosa di molto importante durante
   il corso della storia, ed è per questo motivo che la
   narrazione termina appena prima che lui riceva la sua
   prognosi, piuttosto che subito dopo.*
- Che cosa impara Daniele?
- Perché conoscere la sua prognosi compro-
  metterebbe questo?

AMICIZIE MOLTO IN ALTO

La strada che ti mostra Gesù non è facile. Piuttosto, è come un sentiero che si inerpica lungo una montagna. Non scoraggiarti! Quanto più ripida è la strada, tanto più velocemente si eleva verso più ampi orizzonti.

-Papa San Giovanni Paolo II

La Chiesa esiste per rendere creare santi. Un santo è semplicemente qualcuno che vive in Cielo. Quando veniamo battezzati diventiamo parte della Comunione dei Santi, che è l'intera Chiesa: Cristiani sulla terra, in purgatorio e in Cielo. Ovunque ci troviamo al momento, comunque, condividiamo tutti la stessa patria. Quando diventiamo parte della Chiesa diventiamo cittadini del Cielo. Da quel momento, la nostra missione è di tornare a casa, a casa da Dio.

Il Cielo è un regno su di una in vetta di un monte. È tanto in sù quanto riesci ad andare sia possibile salire, ma tu, amico mio, come tutti noi, sei nato in pianura. collina. Tutti noi lo siamo. Se vogliamo arrivare in Cielo, dobbiamo salire.

Oh, e sta' Bisogna stare lontano dai bordi della pianura: è pericoloso. Se cadi giù non puoi più risalire, e quello che si trova giù è troppo orribile per poterlo da descrivere. Molto raramente di rado, qualcuno che sta per cadere per il di là del dirupo incappa viene trasportato da una specie di miracolosa corrente ascensionale e se ne vola su per un bel pezzo di montagna – anche fino alla cima! – ma sarebbe avventato non si può contare fare affidamento sull'imbattersi in una corrente. Sarebbe terribile aspettarne una e poi improvvisamente scivolare e mancarla…

È meglio salire.

Prima di incamminarti dovresti sapere – e non potrei mai sottolinearne abbastanza l'importanza – dovresti sapere assicurati che hai di avere una radio. Puoi usarla in qualunque momento, in ogni circostanza, per chiamare su in cima. Puoi parlare con il Re della Montagna e i suoi cortigiani in qualunque momento quando ne hai voglia perché la tua radio è letteralmente attaccata a te. In pratica è una protesi. È assolutamente impossibile perdere la tua radio. Ma le insidie lungo i sentieri di montagna giocano strani scherzi alla gente, ed è sorprendente quanti scalatori dimentichino completamente di usare la loro radio, vengano sviati e finiscano con il vagare senza meta, persino tornando indietro. Usa spesso la tua radio. Se la risposta dalla vetta è lenta, debole, o confusa, riprovaci di nuovo. Non importa dove ti trovi sulla montagna, puoi parlare in qualunque momento. con la vetta in qualunque momento.

Naturalmente, anche a prescindere dalla se non dai retta alla radio, non sei da solo durante questo viaggio. A volte sembra che sia così perché c'è una spaventosa quantità un numero spaventoso di abitanti della pianura che non sono interessati s'interessano a risalire la montagna. Dopo tutto, nessuno è mai riuscito a inviare fotografie dalla cima. Piuttosto che avventurarsi nell'ignoto, gli sembra più sicuro cercare di vivere il meglio possibile giù in pianura. Puoi solo sperare che il tuo anelito sogno di arrivare alla vetta sia contagioso. Cerca di convincerli ad unirsi al tuo gruppo di scalatori e venire con te. Si stanno davvero perdendo qualcosa di importante. Naturalmente, però, non puoi metterti ad aspettare. La luce del giorno non durerà in eterno, e devi attraversare entrare per il cancello prima che cali la notte. Sperabilmente se tutto va bene, ti seguiranno i tuoi amici in pianura.

Mentre saliamo potremmo trovare altri scalatori sorpresi dalla notte mentre erano sulla montagna, non ancora giunti in cima. Queste povere anime possono essere completamente paralizzate, incapaci di muoversi. Le loro radio sono da tempo dimenticate o rotte. È un grande atto di pietà entrare in contatto con la cima a loro beneficio da parte loro per fare sapere alla gente in cima che hai trovato uno scalatore bloccato a metà strada, e vuoi portarlo con te. Ma non fermarti. Non sederti. Continua a salire anche se dovrai procedere a rilento salire strisciando.

Tradizionalmente, impariamo dai nostri genitori come a salire la montagna e ad usare la radio dai nostri genitori. Ciò non avviene sempre nel modo perfetto. migliore. Alcuni considerano lo scalare un hobby domenicale: una famigliola sale tranquillamente, passeggia in sù e poi scende in fretta – si precipita giù. Alcuni ne perdono completamente il gusto, e non insegnano mai a scalare ai loro figli. Ma se tu persisti non ci molli, di là del fatto che i tuoi genitori siano degli scalatori oppure no, puoi riesci a trovare delle persone che lo sono. La tua locale parrocchia… ehm, club di scalatori, è un buon posto per dove iniziare.

Comunque, dovunque tu impari a scalare, incontrerai sul tuo cammino dei pericoli unici sul tuo cammino. Possono accadere talmente tante cose mentre sali, e nessuno può esplorare ogni sentiero o affrontare ogni pericolo. Potresti cominciare su di a seguire un lungo e tranquillo sentiero serpeggiante, svoltare girare a sinistra o a destra e ritrovarti improvvisamente all'improvviso di fronte davanti a una salita ripida e imprevista. Quando succede questo, non farti prendere dal panico. Sia che tu Se ti trovi di fronte a un'ascensione quasi verticale , oppure sei perso in un bosco nebbioso su di una strada un sentiero che sembra non andare apparentemente non va affatto in alto, oppure su di un terrificante precipizio, la tua radio funzionerà. Accendi la tua radio. Chiedi una guida esperta, una che conosca bene la tua parte di salita. Virtualmente, Per quasi ogni sentiero lungo la montagna c'è qualcuno sulla in cima, qualcuno che ha avrà navigato attraverso gli stessi pericoli e le stesse insidie che tu affronti.

Non appena accendi la radio puoi essere certo che il soccorso è in arrivo. Una squadra di salvataggio ti troverà. Anche se stai cominciando a pensare che l'intera scalata sia futile e desideri solo tornare in pianura, lascia accesa la tua radio. La tua guida ti spiegherà cosa fare passo a passo e ti isserà su tirerà su. Ricordati, loro siedono sono seduti proprio accanto al Re della Montagna, o possono raggiungerlo per radio a tuo beneficio da parte tua. Queste guide possono fornirti incredibili informazioni e aiuto. Quindi lascia accesa la tua radio. Perché quando scali la montagna puoi sempre fare affidamento sulle alle tue amicizie molto in alto.

Le metafore non sono per tutti! Alcune persone amano storie come queste, ma se ti sembra che sia solo un modo strano e poco chiaro di parlare della fede, ecco una semplice chiave:

- La vetta della montagna: Il Cielo
- La pianura: La Terra, l'ordine naturale
- Oltre i confini della pianura: L'inferno
- Il Re della Montagna: Dio
- Imbattersi in una miracolosa corrente ascensionale: Una conversione in punto di morte o altrettanto miracolosa.
- Scalare la Montagna: Crescere in santità
- Calare della notte: La morte
- Essere colti dal calare della notte mentre si è ancora sulla Montagna: Finire in purgatorio e aver bisogno delle preghiere degli altri per raggiungere la cima della montagna il Cielo
- La tua radio: La preghiera
- Imparare a scalare: Essere formati nella fede
- Guide esperte o amicizie molto in alto: I santi

Rimani al sicuro sulla montagna! Continua a salire!

Victoria Seed,
Esuberante filosofa e stizzosa editorialista
La festa degli arcangeli, 2020

1

LO SMISTAMENTO

Il drago ruggì, le sue fauci così vicine alla testa di Thane che

Agitai delicatamente la pagina in aria, aspettando che la mia scrittura si asciugasse. Rimaneva un doppio spazio vuoto finale. Bene. Avevo messo insieme io stessa quel libricino.

L'inchiostro era asciutto. Passai a quell'ultima pagina e trovai il punto sulla stampa del computer da cui stavo copiando:

Si sentì scoppiare i timpani. Ma la spada aveva fatto il suo dovere e, una volta sventrata, la bestia cominciò a cadere.

Thane rotolò via, si mise freneticamente in piedi e iniziò a correre. L'enorme corpo si accasciò nel punto in cui si trovava fino a poco prima, ma a Thane questo non interessava. Continuò a correre verso il punto in cui Marigold stava lottando per liberarsi.

«È l'ultima volta che vado a cavallo senza i miei speroni!», lei gli disse: «A quest'ora sarei riuscita a scappare...»

Thane ignorò le sue lamentele. In ogni caso non riusciva a sentire bene. Tirò fuori un pugnale e la liberò.

«Marigold?» – riusciva a malapena a udire la sua stessa voce: «Stai bene?»

«Oh, certo che sto bene. Almeno avevo il mio rosario.»

Thane pensò a tutte le cose che voleva dirle. Quello che provava per lei, voleva fare tutto nel modo giusto. Sarebbe riuscito a mettersi in ginocchio senza perdere l'equilibrio e sarebbe stato in grado di sentire quello che le avrebbe risposto?

Poi le braccia di Marigold si avvolsero attorno a lui come dei tralci di vite attorno al palo di sostegno. E quando lei lo baciò, lui sapeva che la risposta a tutte le sue domande era un sentito

«Sì.»

Scrissi l'ultima parola con grande cura e rimisi il cappuccio alla penna. Fatto. Sorrisi mentre mi immaginavo Bane mentre leggeva. *Dove sono i draghi uccisi? Dove sono le ragazze salvate?* si sarebbe lamentato dopo aver letto le mie storie. Solo per questa volta, in questa storia solo per lui, c'erano tutti i draghi che avrebbe mai potuto desiderare. Ma solo una ragazza.

Un modo strano per dichiarare il tuo amore, ma non potevo non dirlo. E se avessi *superato* il mio Smistamento... beh, avevamo entrambi diciotto anni, avremmo lasciato la scuola a fine anno e saremmo stati liberi di registrarci, quindi forse era giunto il momento di essere finalmente onesti l'uno con l'altro.

Una volta raccolta la stampa della storia, la strappai a pezzettini e la gettai nel cestino, poi chiusi il libro scritto a mano, facendolo scivolare nel sacchetto impermeabile preparato appositamente per questo utilizzo. Con il mio datato - ma non per questo meno amato - portatile, recuperai il file e premetti il tasto "cancella". La storia di Bane era solo sua.

Il sacchetto scivolò nella mia borsa mentre io controllavo di nuovo il suo contenuto. Vestiti, biancheria intima, occorrente per cucire, il mio prezioso ebook - completamente pieno - e poche altre cose che erano permesse. Nessun portatile, purtroppo, e nessun rosario per Margaret in questo mondo troppo reale. Toccai il sacchetto impermeabile - devo avvertire Bane di non far vedere questa storia in giro. Una parola pericolosa era scivolata lì dentro, verso la fine. Un po' di me stessa.

C'era tutto, il contenuto della borsa era corretto, così come lo era già dalla notte scorsa. La chiusi e rimasi ferma per un momento, guardandomi intorno. Questa era stata la mia stanza da quando ero nata: quanto avrei voluto credere che sarei tornata qui stasera a disfare di nuovo la mia borsa... Ma le favole non mi sono mai piaciute. Il lieto fine non accadeva nella vita reale. Non se eri vivo.

Presi a calci la mia lunga gonna viola per qualche istante, poi presi la giacca e me la infilai. Il giorno dello smistamento era un giorno in cui si indossavano i vestiti da casa. Non c'era bisogno della divisa scolastica alla Struttura. Avevo fatto i bagagli ed ero pronta - in ogni caso avevo fatto i bagagli - e non potevo più ritardare. Mi caricai la borsa sulla spalla e scesi di sotto.

I miei genitori mi stavano aspettando nell'ingresso. Quasi desideravo che non ci fossero. Che fossero *andati via* con Kyle. La faccia della mamma era così pallida.

«Margo, non puoi seriamente voler andare oggi...» La sua voce era rauca per la disperazione: «Sai che le possibilità di... di...»

«So che le possibilità che io lo superi sono minime.» Con un grande sforzo evitai che mi tremasse la voce: «Ma sai perché devo andare.»

«Non è troppo tardi...» C'era della profonda disperazione nella voce di papà: «Il Sottosuolo ti nasconderebbe...»

Dovevo uscire da lì. Dovevo uscire prima che mi facessero cambiare idea.

«È troppo tardi per insegnarmi ad essere egoista ora», dissi di scatto, passando automaticamente dal latino all'inglese mentre aprivo la porta principale e salivo sul gradino.

«Margo...»

Mi voltai per farmi abbracciare dalla mamma, volevo aggrapparmi a lei come se fossi stata una bambina, se non fosse stato per il fatto che era lei ad essersi aggrappata a me. Le accarezzai i capelli e cercai di consolarla: «Andrà tutto bene, mamma, davvero», sussurrai, «Potrei anche superarlo, sai.»

Finalmente mi lasciò, indietreggiò e si asciugò gli occhi cercando di essere forte per me.

«Certo. Potresti superarlo. Conserva la fede, tesoro.» La sua voce tremò; proprio qui, proprio ora, riusciva a malapena a far uscire quelle parole tanto familiari.

«Abbi fede», disse papà, e anche la sua voce tremò.

Piegai la mano a cucchiaio e feci il simbolo del pesce unendo il pollice con l'indice, il tutto coprendomi con la borsa, cosicché i vicini non lo potessero vedere.

«Abbiate fede.» Mi uscì come fosse stato un ordine. Arrossii, sorrisi per scusarmi, lanciai un'ultima occhiata ai loro volti e mi affrettai a scendere giù per gli scalini.

Gli ispettori del Dipartimento di Genetica dell'EuroBloc stavano aspettando davanti ai cancelli della scuola per controllare i nostri nomi. Mi unii alla fila, esaminando il cortile della scuola dei ragazzi alla ricerca di Bane. L'auto di un hotel si fermò e una donna dal viso pallido aiutò un ragazzo alto ad uscire dal sedile posteriore - *chi* era? I suoi capelli erano come foglie d'autunno... oh. Teneva in mano un bastone bianco lungo e sottile con una pallina morbida ad un'estremità. Cieco. Le mie viscere si strinsero per la compassione. Come sarebbe stato non avere alcuna speranza?

«Nome?», chiese l'ispettore davanti al cancello dei ragazzi.

«Jonathan Revan», disse il ragazzo con una voce fredda e raccolta: «E non sarebbe stato molto più semplice se i miei genitori mi avessero scaricato direttamente alla Struttura?»

L'ispettore sembrava furioso, mentre tutti ridacchiavano esprimendo il loro apprezzamento per questa dimostrazione di coraggio.

«Nome?» Era il mio turno. Il ragazzo cieco stava oltrepassando i cancelli, le sue spalle ora erano ricurve, come a bloccare il suono della donna che piangeva. Un uomo la stava riaccompagnando alla macchina.

«Margaret Verrall.»

La donna segnò il mio nome e con la penna mi indicò il cortile delle ragazze.

«Dentro.»

Una volta dentro, mi diressi subito verso il muro tra i cortili delle scuole. Bane era lì, i suoi capelli neri opachi ondeggiavano leggermente nella brezza. Sua madre era abituata a tenerglieli corti, a nascondere la sua stranezza, ma questo era durato fino a quando non era diventato abbastanza veloce da riuscire a sfuggirle. L'ispettore al cancello dei ragazzi gli lanciò un'occhiata sospettosa.

«Non vede l'ora di essere un adulto, eh?», chiese Bane bruscamente, guardando Jonathan Revan che si faceva strada attraverso il cortile della scuola con il suo bastone che si muoveva sinuosamente di fronte a lui. Scattò qualcosa.

«Quello è il tuo amico che abita a Little Hazleton, vero? Il pre-Conosciuto, colui che non è mai stato costretto a venire a scuola?»

«Già.» La faccia di Bane era cupa.

«Hai sentito cosa ha detto all'ispettore? Ha avuto una bella faccia tosta.»

«Certo che l'ha avuta. Peccato che non possa vedere tutto.»

«Dovrebbe vedere molto *più* di tutti quanti per superare il test.»

«Già.» Bane diede un calcio al muro, raschiandosi gli stivali: «Sì, beh, ho sempre saputo che non ci sarebbe stato niente da fare.»

«È stato gentile da parte tua essere suo amico.»

Bane sembrava imbarazzato e tirò un calcio ancora più forte contro il muro.

«Beh, ha un cervello grande quanto il server principale dell'EuroBloc, si sarebbe annoiato tantissimo avendo solo gli altri pre-Conosciuti con cui parlare.»

Oh no, forse mi illudevo, ma... se Bane era preoccupato per Jonathan Revan... Non si era reso conto che anche io ero in pericolo! Avrei dovuto dire qualcosa, mesi, *anni* fa. Ma nessuno aveva mai parlato del proprio Smistamento. Come poteva non averlo *capito*? Ci conoscevamo da... beh, da sempre. Lui c'era sempre stato, insieme a mamma e papà, Kyle, zio Peter...

«Bane, ho bisogno di parlarti.»

Si guardò intorno, i suoi occhi marroni erano sorpresi. Si sedette sul muro e appoggiò i gomiti sulla ringhiera.

«Adesso? Non... dopo il nostro Smistamento?»

I suoi pensieri stavano andando nella stessa direzione in cui erano andati i miei poco prima? Mi sedetti anch'io, il che avvicinò molto i nostri volti.

«Bane... potrebbe non essere molto facile parlare... dopo.»

Strinse gli occhi.

«Che cosa vuoi dire?»

«Bane...» Non c'era un modo semplice per dirlo: «Bane, probabilmente non lo supererò.»

La sua faccia si bloccò, era incredulo e stupefatto - non se ne era davvero reso conto. Mi aveva creduta al sicuro. *Bane, mi dispiace tanto...*

«Tu... certo che lo supererai! Sei intelligente tanto quanto Jon, puoi ammaliare l'intera classe, tutti quanti che pendono dalle tue labbra...»

«Ma non so fare i conti, neanche se ne va della mia vita.»

Ci fu un lungo silenzio.

«Letteralmente», aggiunsi - affermazione del tutto superflua.

Bane rimase in silenzio. Adesso vedeva il pericolo. Bastava essere bocciati in un solo singolo test. Alla fine mi guardò e c'era qualcosa di strano nei suoi occhi, qualcosa che riconobbi dopo un po'. Paura.

«Vai davvero *così* male in matematica?»

«È quasi inesistente», dissi il più gentilmente possibile. «Ho una grave discalculia, lo sai.»

«Non me ne sono mai reso conto. Non ho mai...» C'era del senso di colpa nei suoi occhi, ora; senso di colpa per aver vissuto un'esistenza così felice ed essere stato così fiducioso della sua perfezione fisica e mentale da non aver mai notato l'ombra che incombeva su di me. «Tuo Pa... tuo zio Peter... non ti ha insegnato abbastanza?»

«Lo zio Peter è riuscito a insegnarmi più di quanto chiunque altro avesse mai fatto, ma in realtà non sono sicura che sia possibile insegnarmi *abbastanza*.»

«Non ho mai pensato...»

«Certo che non ci hai mai pensato. Chi pensa inutilmente allo Smistamento? Comunque, questo è per te.» Gli misi il sacchetto in mano. «Non permettere a nessuno di vederlo finché non lo hai letto; non penso che vorrai mostrarlo in giro.»

Le sue nocche sbiancarono mentre lo stringeva.

«Margo, che cosa ci *fai* qui? Se pensi di essere bocciata! Vai, vai via ora, io mi arrampico e distraggo l'ispettore; il Sottosuolo ti terrà nascosta...»

«Bane, fermati, smettila! Non posso mancare al mio Smistamento, non capisci? Non c'è mai stato modo per me di uscirne: nessuno ha il permesso di lasciare il distretto con dei bambini in età da pre-Smistamento e da oggi in poi risulterei come una che scappa dallo Smistamento, una fuggitiva su tutti i sistemi dell'EuroBloc...»

«Allora nasconditi!» Abbassò la voce fino a ridurla ad un sussurro: «Tu, tra tutti, potresti farlo in un istante!»

«Sì, Bane, potrei. E non importa il dover passare il resto della mia vita a fuggire: non capisci perché io, *tra tutte le persone*, non posso scappare?»

Sbatté il pugno contro il muro e del sangue comparve sulle sue nocche.

«Questo è a causa di quella faccenda del Sottosuolo, non è vero? La tua famiglia è immischiata fino al collo.»

«Bane...» Presi la sua mano prima che potesse farsi male di nuovo: «Sai che l'unico modo per far sì che il santuario rimanga nascosto *è evitare* che la casa venga perquisita. Se scappo, qual è la prima cosa che faranno?»

«Perquisire casa tua.»

«Perquisire casa mia. Arrestare i miei genitori. Tendere una trappola ai prossimi membri del Sottosuolo che si metteranno in contatto. Prendere i sacerdoti quando verranno. Sai cosa fanno ai preti?»

«Lo so.» La sua voce era così bassa che riuscivo a malapena a sentirlo.

«E vuoi che succeda a *Zio* Peter? Al *Cugino* Mark? Come puoi suggerire di *scappare*?»

Non disse nulla. Alla fine mormorò: «Vorrei che avessi lasciato perdere questa roba anni fa...»

Bane non aveva mai capito la mia fede; sapeva che probabilmente mi avrebbe ucciso un giorno. Aveva fatto del suo meglio per farmi cambiare idea prima del mio sedicesimo compleanno, oh, come ci aveva provato. Ma alla fine aveva accettato la mia decisione. Poteva anche non capire la prospettiva della fede, ma farsi ammazzare facendo qualcosa per far imbestialire l'EuroGov era proprio nel suo stile.

La campanella della scuola suonò e lui alzò di nuovo gli occhi, catturando i miei.

«Suppongo che non saresti stata tu altrimenti», mormorò. «Ascolta, se non lo superi...», la sua voce si fece più ferma: «se non lo superi, dovrò vedere cosa posso fare al riguardo. Qualunque cosa. Perché... beh... È molto tempo che non vedo l'ora di sposarti, e adesso non ho intenzione di farmi fermare da niente!»

Il mio cuore batteva forte dalla gioia, ma non ero sorpresa. Quello che provavamo l'uno per l'altro era stato un segreto inespresso per anni.

«Qualunque cosa, tipo l'intero dipartimento di genetica dell'EuroBloc? Non fare il passo più lungo della gamba, Bane.»

Lui non rispose. Fece solo scivolare un braccio attraverso le inferriate e mi trascinò verso di sé, le sue labbra stavano scendendo sulle mie. Le mie braccia scivolarono tra le inferriate, intorno alla sua forte schiena, le mie labbra si sciolsero contro le sue e improvvisamente il mondo diventò un posto bellissimo; quello fu il giorno migliore della mia vita.

Non ci separammo finché la campanella non smise di suonare.

«Beh», sussurrai, guardandolo dritto negli occhi marroni, «ora posso essere eliminata felicemente.»

La sua faccia si contorse per l'angoscia.

«Non lo dire neanche!»

Mi baciò di nuovo, con impeto.

«Non preoccuparti...» Mi prese il viso tra le mani e i suoi occhi brillarono. «Qualunque cosa accada, *non ti preoccupare*. Ti amo e *non ti* lascerò lì, capito?»

Dandomi un ultimo bacio sulla fronte, si gettò la borsa sulla spalla e sfrecciò attraverso il cortile della scuola, con il sacchetto ancora stretto in mano. Lo guardai allontanarsi, poi presi la mia borsa e seguii gli ultimi ritardatari attraverso la porta delle ragazze.

L'aula era stranamente silenziosa, borse e valigie ingombravano i corridoi. Sedendomi rapidamente al mio posto, mi guardai attorno. C'erano solo due pre-Conosciuti nella classe. Harriet sembrava malata e rassegnata, ma Sarah non capiva niente del suo Smistamento o della Struttura o di qualsiasi cosa che fosse così complessa. I noti Borderline (coloro che si trovavano sul filo del rasoio) erano tutti pallidi. I Sicuri sembravano seri ma un po' eccitati. Il divieto di copulazione pre-Smistamento sarebbe cessato domani. Ne sarebbe seguita senza dubbio la solita orgia.

Le ultime parole di Bane rimasero impresse nella mia mente. Conoscevo quel bagliore nei suoi occhi. Avrei dovuto spronarlo con molta più decisione a non fare nulla di avventato. A non mettersi nei guai. Adesso era troppo tardi.

«Ho visto te e Bane», sghignazzò Sue, accanto a me: «Stai anticipando un po' le cose, vero?»

«Come se tu non avessi mai anticipato niente», mormorai. Sue si limitò a ridacchiare ancora più forte.

«Margy...? Margy...?»

«Ciao, Sarah. Hai la tua borsa?»

Sarah annuì e accarezzò la squallida borsa accanto a lei.

«Te lo hanno spiegato, vero? Che andrai a fare un

pernottamento?»

Sarah annuì, raggiante, e mi indicò.

«Anche Margy viene?»

«Forse. Solo i ragazzi più speciali ci andranno, lo sai.»

Sarah rise felice. Ingoiai la bile e cercai di non maledire quello stupido autista che l'aveva investita molti anni fa lasciandola in questo stato. Cercai di non maledire i suoi genitori, che l'avevano data in affido, avevano denunciato l'autista per ottenere il suo Diritto al Bambino per poterla sostituire, e si erano prontamente trasferiti.

«Ragazzi...» La vicepreside. Aspettò che facessimo silenzio. «Questa è l'ultima volta che vi parlerò come tali. Questo è un giorno molto speciale per tutti voi. Dopo il vostro Smistamento, sarete legalmente degli adulti.»

Tranne quelli di noi che non saranno più considerati degli esseri umani. Non aveva menzionato quella parte.

«Ora, fate del vostro meglio, tutti voi. Il dottor Vidran è qui dal DEG per supervisionare lo Smistamento. A lei, dottor Vidran...»

Il dottor Vidran fece un lungo e orribile discorso sui numerosi vantaggi che lo Smistamento assicurava alla razza umana. Quando ebbe finito, stavo combattendo contro il forte desiderio di salire sul palco e infilargli il suo puntatore laser in gola. Riuscii a stare seduta al mio posto e mi concentrai per tentare di amare questo errato esempio di umanità, per perdonargli il ruolo che avrebbe avuto in quello che probabilmente sarebbe successo a me. Fu molto difficile.

«... Alcuni di voi, naturalmente, dovranno essere riAssegnati, ed è importante ricordare sempre l'immenso contributo che i riAssegnati ci forniscono, a modo loro...»

Alla fine tacque e ci invitò a rivolgere la nostra attenzione verso gli schermi sui nostri banchi per i Test Intellettuali. La felicità del non dover più ascoltare le sue parole mi accompagnò attraverso l'esperanto, l'inglese, la geografia, la storia, l'informatica, la biologia, la chimica e la fisica senza alcun intoppo, ma poi arrivò la matematica.

Ci provai. Ci provai davvero. Ci provai finché non pensai che il mio cervello sarebbe esploso, e poi i miei pensieri raggiunsero Bane e i miei genitori e ci provai ancora un altro po'. Ma niente da fare. Nessuna motivazione al mondo avrebbe potuto permettermi di fare la maggior parte di quelle somme senza avere una calcolatrice. Non l'avrei passato.

Questa consapevolezza si insinuò come una fredda e dura certezza dentro di me facendomi compagnia per tutta la durata dei Test Fisici, dopo un pranzo silenzioso e supervisionato. Quelli li avevo superati tutti, ovviamente. Vista, Udito, Fisionomia eccetera, tutti ben entro i livelli accettabili. Che dire di Jonathan Revan, un pre-Conosciuto se mai ce ne fosse stato uno? Bane diceva che era intelligente, molto intelligente, e contate che già Bane di per sé era piuttosto bravo. Tutto questo non avrebbe aiutato Jonathan. E nemmeno me.

Quando tutto finì, andammo in palestra, sedendoci sulle panchine lungo il muro. Bane guidò Jonathan Revan in un posto libero nel lato dei ragazzi. Attraverso le doppie porte si vedeva il resto della scuola che si agitava e chiacchierava nel corridoio. Una volta finita l'assemblea del semestre, sarebbero stati liberi per quattro intere settimane.

Liberi. Sarei mai stata di nuovo libera?

Lo avrei scoperto presto. Uno degli ispettori aprì le porte e il preside prese posto sul palco. La sua voce echeggiò nella palestra.

«E ora dobbiamo congratularci con i nostri Nuovi Adulti! Fate tutti un bell'applauso!»

In risposta ci fu un diligente applauso proveniente dal corridoio. Il dottor Vidran si fermò vicino alla porta, con una cartellina in mano, e cominciò a leggere i nomi. Un ragazzo. Una ragazza. Un ragazzo. Una ragazza. Scusate, un giovane uomo, una giovane donna... Ogni Nuovo Adulto si alzò e andò a sedersi nel corridoio. C'era uno schema...? No... era casuale. Non c'era modo di sapere se avevano già passato il tuo nome oppure no.

Il mio stomaco era davvero in subbuglio ora. Deglutendo forte, fissai Bane, che si trovava dall'altra parte della palestra. Jonathan era seduto accanto a lui, sembrava impassibile ma risoluto. *Lui* non aveva dubbi. Bane mi fissò di rimando, il suo viso era cupo e i suoi occhi feroci. Mi persi nei lineamenti del suo viso, cercando di incidere nella mia mente ogni singolo dettaglio tanto amato.

«Potrebbero chiamare il mio nome», sussurrò Caroline a Harriet: «Potrebbero. È ancora possibile. Ancora possibile...»

Più della metà della classe era passata dall'altra parte.

Ancora possibile, ancora possibile, potrebbero, potrebbero chiamare il mio nome... la mia mente si impossessò della litania di Caroline e il mio disperato desiderio quasi divenne *una sofferenza...*

«Blake Marsden.»

Un nodo di ansia dentro di me si allentò bruscamente, sostituito immediatamente da un dolore più egoistico. Bane fissò il dottor Vidran e non si spostò dal suo posto. Con la faccia rossa, la vicepreside mormorò qualcosa all'orecchio del dottor Vidran. Il dottor Vidran sembrò esasperato.

«Blake Marsden, noto come Bane Marsden.»

Chiaramente il massimo che Bane avrebbe mai potuto ottenere. Strinse la spalla di Jonathan e gli mormorò qualcosa, probabilmente un *ciao*. Jonathan trovò la mano di Bane, la strinse e gli disse qualcosa in risposta. Qualcosa come un *grazie per tutto.*

Bane se la scrollò di dosso e si alzò mentre gli

ispettori impazienti si avvicinarono a lui. *No... non andare, per favore...* Sì! Si stava dirigendo dritto verso di me, ma gli ispettori lo fermarono.

«Andiamo... Bane, vero? *Congratulazioni*, vai verso... » Bane fece resistenza all'essere radunato insieme agli altri e la voce dell'ispettore assunse il tono di un preciso avvertimento: «Ora sei un adulto, è il tuo grande giorno, non rovinarlo...»

«Voglio solo parlare con...»

Gli bloccarono le braccia. Si divincolò, cercando di liberarsi, ma erano degli uomini forti e ce n'erano due.

«*Sai* che a questo punto non è permesso alcun contatto. Sono sicuro che la tua ragazza arriverà tra un attimo.»

«Fidanzata», ringhiò Bane, e il calore mi esplose nello stomaco, cacciando via un po' della gelida paura dal mio corpo. Aveva già letto il mio libretto.

«*Se*, naturalmente, la tua *fidanzata*» il dottor Vidran schernì la parola politicamente scorretta da oltre la porta, «è un esemplare perfetto. Altrimenti, starai meglio senza di lei, *vero?*»

Le narici di Bane si allargarono, la sua mascella si irrigidì e le sue nocche si serrarono finché non pensai che le ossa gli sarebbero uscite dalla pelle. Con le spalle tremanti, permise agli ispettori di prenderlo e portarlo dall'altra parte della palestra verso il dottor Vidran. *Oh oh...*

Quando raggiunsero le porte aveva ormai ripreso il controllo di se stesso, si fermò e si voltò a guardarmi invece di dare un pugno sul viso compiaciuto del dottor Vidran. Sembrava molto lontano. Ma non sarebbe mai riuscito a raggiungermi, vero?

«Ti amo...», mormorò.

«Ti amo...» Gli bisbigliai in risposta, la mia gola era troppo stretta per delle vere parole.

Poi un terzo ispettore si unì agli altri due e lo spinsero nel corridoio. E poi sparì.

Andato. Potrei non rivederlo mai più. Deglutii forte e strinsi i pugni, combattendo contro uno sciocco ma frenetico impulso di correre attraverso la palestra dietro di lui...

«*Sul serio*», commentò acidamente un ispettore, «di solito non dobbiamo trascinarli in *quel* modo!»

«Quel ragazzo finirà su una barella», si scusò la vicepreside, «Mi dispiace tanto...»

Il dottor Vidran liquidò Bane con un gesto della sua penna e proseguì con la lista.

«Potrebbero...», sussurrò Caroline, «potrebbero...»

Potrebbero... potrebbero... Potrei andare con Bane. Potrei... Per favore...

Ma non lo fecero. Il dottor Vidran smise di leggere, raddrizzò i fogli sulla sua cartellina e lanciò un'occhiata agli altri ispettori.

«*Portateli via*», ordinò.

Lui e la vicepreside si voltarono e andarono nel corridoio come se quelli di noi rimasti lì dentro avessero cessato di esistere. E un po' era così. L'unica cosa decente da fare a proposito dei riAssegnandi era di dimenticarli. Lo sapevano tutti.

Uno degli ispettori tolse le zeppe da sotto le porte e le chiuse. Girarono la chiave, bloccandoci dentro.

Nella mia testa iniziò a suonare un campanello d'allarme. Pensavo di saperlo, pensavo di esserne abbastanza sicura, ma comunque la consapevolezza mi colpì come una doccia ghiacciata, echeggiando nella mia testa. Margaret Verrall. Il mio nome. Non l'avevano chiamato. L'ultima piccola fiamma di speranza morì dentro di me e fu più doloroso di quanto mi aspettassi.

Uno dei ragazzi sulla panca di fronte, Andrew Plateley, cominciò a piangere singhiozzando tremante, come se non potesse crederci. Harriet stava abbracciando Caroline e Sarah le stava tirando la manica chiedendo cosa ci fosse che non andava. Sentivo le mie membra pesanti e insensibili, come se non facessero parte di me.

La voce del dottor Vidran ci arrivò dal corridoio, era appena udibile.

«Congratulazioni, adulti! Che giornata memorabile è stata per tutti voi! Ora siete liberi di presentare domanda per il registro della riproduzione, a condizione che le vostre scansioni genetiche siano compatibili. Immagino che il vostro dirigente scolastico preferirebbe che voi aspettaste fino a dopo gli esami che si terranno il prossimo semestre, però...!»

La scuola rise senza entusiasmo, occupata a lanciare involontariamente degli sguardi furtivi dentro la palestra per vedere chi fosse rimasto, finché un ispettore non tirò giù le persiane oscurando le finestrelle a vetri. Con noi nascosti lì dentro, tutti sarebbero stati felici e avrebbero potuto iniziare a festeggiare.

«Dopo esservi registrati con successo», proseguì la voce allegra del dottore, «i vostri impianti contraccettivi potranno essere temporaneamente rimossi. L'attuale diritto al bambino prevede un bambino a persona, quindi ogni coppia ne può avere due. Possono essere acquistati ulteriori diritti al bambino; il prezzo fissato dal DEG è attualmente di trecentomila Euron, quindi immagino che nessuno di voi debba preoccuparsi di questo.»

Risate ancora più nervose provenienti dal corridoio. La vita normale era dall'altra parte della porta. Gli esami, il lavoro, le registrazioni, i figli, invecchiare con Bane... ma non ero di là con lui. Ero dall'altra parte. Avevo la nausea.

«RiAssegnandi, alzatevi, prendete i bagagli», ordinò uno degli ispettori.

Mi alzai lentamente e presi la mia borsa. Le mie mani stavano tremando. Perché mi sentivo così scioccata? Una qualche parte di me si era illusa che questo non sarebbe mai potuto accadere davvero? Intorno a me tutti si stavano muovendo come se fossero in uno stato di stordimento, ad eccezione di Andrew Plateley che se ne stava tranquillamente seduto, dondolando avanti e indietro, singhiozzando. Jonathan gli disse qualcosa sottovoce, ma lui non sembrò sentirlo.

L'ispettore scosse la spalla di Andrew, dicendogli ad alta voce: «In piedi.» Indicò le porte esterne dall'altra parte della palestra, ma Andrew balzò in piedi e corse verso il corridoio. Strattonò le porte con tutta la sua forza, singhiozzando, ma queste si limitarono a muoversi leggermente sotto il suo assalto rimanendo saldamente chiuse. Gli ispettori lo afferrarono e cominciarono a trascinarlo via, lui iniziò a scalciare e urlare. Improvvisamente un soffocante silenzio provenne da oltre quelle porte, mentre tutti cercavano di non udire il suo terrore.

Il dottor Vidran si affrettò a dire, con una voce falsamente spensierata: «E sono *sicuro* che non ho bisogno di ricordarvi che potete registrarvi solo con una persona della vostra stessa etnia. I mix genetici, *naturalmente*, non sono tollerati e una prole simile sarà distrutta. E come sapete, tutti i bambini non registrati contano automaticamente come riAssegnandi dalla nascita, ma sono sicuro che tutti voi vi registrerete correttamente, quindi nessuno dovrà preoccuparsi di una cosa del genere.»

Andrew fu portato fuori e gli ispettori sollecitarono il resto di noi a seguirlo. Sembrava una strada terribilmente lunga, la mia borsa sembrava pesare molto e stavo ancora male. Deglutii di nuovo, la mia mano si piegò a cucchiaio, veloce e nascosta da occhi indiscreti, a formare il simbolo del Pesce. Sii forte.

«E questo è tutto da parte mia, sebbene il vostro

preside mi abbia gentilmente invitato a rimanere per le vostre presentazioni di fine semestre. Ancora una volta, congratulazioni! Un applauso per i Nuovi Adulti di Salperton...!»

La scuola gridò e applaudì allegramente dietro di noi. Un'ondata di disperazione al limite della realtà mi travolse: questo doveva essere il modo in cui si era sentito Andrew. E se... se solo fossi riuscita ad entrare in quel corridoio, *avrei avuto* anche io il resto della mia vita davanti...

La realtà mi aspettava fuori sotto forma di un piccolo minibus del DEG. Immaginate un furgone antisommossa della polizia combinato con un carro armato. Metallo rinforzato dappertutto, con inferriate ai finestrini. Raggiungere il corridoio non servirebbe proprio a *nulla*. Quindi *datti una calmata, Margo.*

Sorressi Sarah mentre saliva sul minibus e le passai la mia borsa. Si diede da fare sollevando sia la mia che la sua borsa sui ripiani portabagagli in alto, raggiante di orgoglio per la sua iniziativa.

«Grazie, Sarah.» Una sfocata palla bianca entrò nella mia visuale - era Jonathan Revan, l'ultimo rimasto a salire sul minibus dopo di me. Stavo quasi per offrirgli il mio aiuto, poi ci ripensai.

«Jonathan, vero? Fai un fischio se hai bisogno di una mano.»

«Grazie, Margaret.» I suoi occhi osservarono il minibus in modo piuttosto strano. O meglio, guardarono attraverso di esso, perché non si concentrarono su nessun punto in particolare. «Sono a posto.»

Il suo bastone si fermò contro il paraurti dell'autobus e tese l'altra mano, seguendo la sagoma dei sedili su ciascun lato, controllando poi che non vi fossero ostacoli all'altezza della testa. Proprio quando gli ispettori del DEG si mossero per spingerlo dentro, lui salì sul bus con sorprendente grazia. Salii dietro a lui proprio mentre gli allarmi antincendio della scuola presero a suonare, ma la sirena fu immediatamente attutita dagli ispettori che sbatterono le porte dietro di me.

«Borsa?», stava dicendo Sarah a Jonathan, tendendogli la mano.

«Come scusa?»

«La borsa», gli dissi. «Vuoi che lei ti metta la borsa sul ripiano portabagagli?»

«Oh. Sì, grazie. Come ti chiami?»

«Sarah.»

«Sarah. Grazie.»

Scommetto che non mi avrebbe lasciato mettere a posto la sua borsa, se l'avessi chiesto io! Sarah si sedette accanto a Harriet, quindi io mi sedetti accanto a Jonathan. I primi alunni si riversarono nei cortili della scuola e allungai il collo per cercare di intravedere Bane. Un'ultima occhiata.

«Qualche idea su chi lo ha fatto scattare?», disse seccamente Jonathan.

«Non so come possa averlo fatto, ma sì, scommetto che è stato lui.»

Il minibus cominciò a muoversi, dirigendosi verso i cancelli, e io mi voltai per guardare fuori dal finestrino posteriore, attraverso le sbarre. Niente...

Entrammo in strada e finalmente eccolo lì, stava sfrecciando attraverso il cortile della scuola per poi sbandare fino a fermarsi davanti ai cancelli proprio mentre questi si stavano chiudendo. Bane li afferrò come se volesse scuoterli, strapparli dai cardini o farli aprire...

Il minibus girò l'angolo e lui non c'era più.

OTTIENI I AM MARGARET DALLA TUA LIBRERIA PREFERITA OGGI, IN BROSSURA O EBOOK!

RINGRAZIAMENTI

Vorrei ringraziare Theoni Bell, Karina Fabian, Melinda Harrington, Jason C. Miller, e Susan Peek, per il loro eccellente aiuto editoriale.

Un ringraziamento speciale alla "persona qualsiasi" Victoria Seed per le sue parole sulla scalata spirituale.

Grazie ai miei genitori per tutto il loro sostegno, e a mia mamma per le sue critiche sincere.

E grazie al mio traduttore e ai revisori, compresi Ann Mason e Roberta Lala.

E non dimentichiamo il Beato Carlo Acutis, il patrono di questo libro – e ultimo ma l'esatto opposta dell'ultimo, lo Spirito Santo, che è responsabile di tutto questo.

A PROPOSITO DELL'AUTRICE

Corinna Turner scrive da quando aveva quattordici anni e ama protagonisti forti con un sacco di integrità. Possiede una laurea in Inglese conseguita alla Oxford University ma ha scioccamente finito per lavorare con i bambini e gli animali! Giostrando tra il lavoro con i disabili e il fare da levatrice alle pecore, lei trascorre quanto più tempo possibile in una piccola capanna in fondo al giardino, scrivendo.

È una Cristiana Cattolica con radici nelle chiesa Metodista e Anglicana. Assidua frequentatrice dei cinema, vive nel Regno Unito. In passato aveva una lumaca gigante di nome Pietro con un guscio di quarantadue centimetri, ma adesso si arrangia con un cactus e un camper!

Per **ricevere racconti brevi gratuiti** e **notizie** iscriviti a:
www.UnSeenBooks.com

Entra in contatto con Corinna:
Facebook: Corinna Turner - Twitter: @CorinnaTAuthor